난생처음 독서모임

난생처음 독서 모임

혼자도 좋지만, 혼자만 읽기는 좀 허전해서

김설 지음

티라미수 THE BOOK

책과 사람 속으로 가는 길

생각은 줄곧 했었지만, 독서모임을 하겠다고 마음을 굳힌 장소는 병실이었다. 차일피일 미루던 퇴직을 감행하고 소홀히 대했던 몸을 재정비하는 중이었다. 입원 기간이 짧아서 한 권의 책만 가방에 넣었다. 허먼 멜빌의 『필경사 바틀비』였다. 좋다는 말은 줄곧 들었지만 정말이지 기대 이상이었다. 마지막 장을 덮은 뒤에도 그가 자주 하는 말 "안 하는 편을 택하겠습니다(I would prefer not to)"는 무슨 주문처럼 귓가를 맴돌았다.

입원실에는 내 또래의 여자가 핼쑥한 얼굴로 TV를 보고 있었다. 그녀를 향해 "저기요, 혹시 『필경사 바틀비』

알아요?"라는 말이 나오려는 찰나, 깜짝 놀라 그 말을 재빨리 목구멍으로 밀어 넣었다. 그때까지 나는 "모든 인간의 불행은 홀로 조용히 방에 머물 수 없다는 사실에서 비롯된다"라는 파스칼의 말을 마음에 단단히 심어놓은 사람이었다. 그러므로 모름지기 책 읽기란 혼자서 해야 하는 일이라고 믿었다. 그랬던 내가 생판 모르는 사람에게 조금 전에 읽은 책 이야기를 꺼내려 하다니.

입원실 침대에 나란히 누운 여자와 나의 독서목록이 겹칠 확률은 그야말로 걷다가 벼락을 맞는 것보다 희박하다. 상상에 그친 것으로 천만다행, 실제로 그런 말을 했다면 정신 나간 여자와 같은 병실을 쓰게 됐다며 병실 교체를 요구했을지도 모른다.

퇴원하면 나와 비슷한 사람들을 찾아야지 마음먹었지만, 독서모임에 대해서는 정말이지 아무것도 몰랐다. 그러나 믿는 구석은 있었다. 그것은 바로 비밀을 말하게 하는 나의 재능이었다. 무슨 이유인지 알 수 없지만 누군가와 마주 앉아 대화를 시작하면 상대방은 무심결에 지난 삶의 이야기를 풀어놓곤 했다. 마음 깊은 곳에 숨겨진 비밀 같은 이야기였다. 귀신에게 홀린 듯 이야기하고 나서 한순간 퍼뜩 정신을 차리고 말했다.

"아니 내가 왜 이러지?"

놀라기는 내가 더 놀랐다. 이야기를 들을 때 이미 '아니, 이 사람은 어쩌자고 이런 이야기를 나에게 하는 거지?' 싶었다. 누군가의 비밀을 알게 된 자의 숙명이 두려웠고 비밀을 지켜야 한다는 부담감이 무거웠다. 오죽 속이 답답하면 나를 붙잡고 자기 이야기를 할까 싶어서 성의껏 들었고 내가 할 수 있는 위로를 하면서도 어떻게 하면 들은 이야기를 빨리 잊을 수 있을지 고민했다. 그렇게 시간을 보내면서 줄곧 이런 생각이 들었다.

'나도 내 이야기 좀 하고 싶다.'

하루라도 빨리 독서모임을 찾고 싶었다. 독서모임에서라면 책 속 이야기에 빗대 내 이야기를 할 수 있을 것 같았다. 나를 모르는 사람들로 구성된 모임이라면 일방적으로 듣기만 하는 게 아니라 내게도 말할 기회가 올 테니까. 그때부터 본격적으로 독서모임이라는 단어를 검색하기 시작했고, 난생처음 독서모임이라는 곳에 참석했다.

그로부터 3년 후 첫 번째 독서모임에서 얻은 경험을 토대로 '서재가 있는 호수'라는 독서모임을 직접 꾸렸다. 작가가 되고부터는 내가 꾸린 독서모임에 참여하고 싶다는 사람이 많아졌다. 내가 쓴 책을 읽은 사람들은 내게 무언가를 말하고 싶어지는 모양이었다. 그들은 SNS로 자기 이야기를 들어달라고 했다. 타인의 이야기를 들어주는 기능은 작가의 삶에 포함된 옵션인 것 같았다. 사람들은 자기를 알아달라고 했다. 앞으로도 잘할 수 있을 거라는 지지를 얻으려 했다.

사람들의 이야기를 들어주는 삶이 본격적으로 시작된 기분이었다. 그러면서 들은 이야기를 빨리 잊어야 한다는 예전의 고민이 자연스럽게 떠올랐지만, 고민은 예상보다 쉽게 해결되었다. 비밀을 털어놓는 사람이 많아지면서 이야기와 사람이 매치가 잘 안 되기 시작했다. 알고 보니 나는 기억력이 떨어지는 사람이었다. 요즘은 독서모임에 참여하고 싶다며 남긴 연락처 목록을 보면서 생각한다. 내게 타인의 속내를 털어놓게 하는 재능이 있는 게 아니라 인간은 누구나 자기 이야기를 들어줄 사람을 간절히 찾고 있구나, 하고.

독서모임에 가면 나는 책 속으로 가는 길을 간단히 안내해 주고 양쪽 귀만 활짝 열었다. 그러니까 이 책은 타인의 이야기를 들어준 시간의 기록이다. 책을 쓰려고 보니 이미 세상에는 독서모임에 관한 책이 많았다. 대부분 방법을 알려주는 책이었다. 조리 있게 말하는 법, 좋은 책을 선택하는 법, 사람을 모집하는 법, 모임의 장소를 선택하는 법, 심지어 독서모임으로 수익을 내는 법까지. 나는 그런 방법만 빼면 된다고 생각하며 글을 썼다. 오로지 독서모임에서 만난 사람과 책에 관한 이야기로만 채우려고 노력했다.

지금, 이 프롤로그를 읽는 당신은 책을 좋아하는 사람, 좋아하지만 시간이 없어서 잘 못 읽는 사람, 한때는 좋아했던 책과 어느새 멀어진 사람, 책만 읽으려면 잠이 쏟아지는 사람…… 중 하나일 것이다. 적어도 책을 싫어하지는 않을 것이다. 왜냐하면 책을 싫어하는 사람에게 이 글이 발견될 리 없기 때문이다. 그런 이유로 '책을 좋아하는 우리끼리만 이 책을 읽으면 어쩌지?' 싶지만 나는 책과 사람들이 하는 이야기의 힘을 아니까, 그런 생각은 금방 잊는다.

차례

| 1장 |

혼자 읽던 사람이
함께 읽는 사람이 되기까지

| 2장 |

책을 나누고
사람에게 배우며

| 3장 |

나도 몰랐던
내가 책갈피 속에 숨어 있다가

매일 깊고
넓어지기를 바라며

혼자 읽던 사람이
함께 읽는 사람이 되기까지

혼자 달리기 힘든 사람들이 러닝크루를 찾는 것처럼,
나는 책을 옆구리에 끼고 함께 산책할 사람을 찾았다.
그렇게 하면 오랫동안 즐겁게
책 읽기를 할 수 있을 것 같았다.

다정함이 넘실대는 곳으로

수영장에 가면 아픈 언니들이 많다. 나도 그중 한 사람이다. 언니들은 각양각색의 통증이나 질병을 호소한다. 다리가 아프다, 허리가 아프다며 엄살이 심한 아이들처럼 울상을 짓는다. 서로가 자기가 더 아픈 데가 많다고 경쟁이라도 하듯 한탄을 늘어놓으면 '그래, 그런 마음 알아'라는 표시로 다 같이 고개를 끄덕인다. 언니들 앞에서 나는 아프다는 말을 쉽게 꺼낼 수 없다. 아프다고 말하려면 적어도 허리디스크 수술 두 번, 인공 관절 수술을 하고 재활 정도는 해야 아픈 사람 축에 끼기 때문이다.

배영으로 반환점에 도착하면 꼭 두세 명의 언니들이 자신이 병을 어떻게 이겨내고 지금처럼 수영 실력자가 됐는지 무용담을 펼친다. 가만히 들으면 언니들의 이야기는 치유의 기적 같기도 하다. 그런 수다를 즐기는 편이지만 유독 귀를 쫑긋하는 때는 반드시 먹어야 하는 영양제나 약에 관해 이야기할 때다. 아픈 데가 많으면 누구나 약 앞에서 팔랑귀가 된다. 달맞이꽃 종자유와 초록입홍합도 언니들에게 설득당해서 먹기 시작했다. 효과를 보고 있다고 과장해서 말했더니 "아이고 잘했네, 잘했어" 칭찬하며 자기 일처럼 기뻐했다. 그곳은 정말 풀장의 물만큼이나 다정함이 넘실대는 곳이다.

나는 독서모임을 수영장처럼 다정한 분위기로 만들고 싶다. 책에 대해 누군가와 이야기할 수 있다는 것이 얼마나 즐거운 일인지 알게 하고 싶다. 어떤 책을 읽는지, 그 이유는 무엇인지, 어떤 책이 왜 인기가 있는지, 어떤 책은 왜 안 팔리는지, 읽다가 잠이 오면 베개로 쓸 만한 책은 뭔지…… 그런 수다를 끝없이 나누고 싶다.

그런 이야기를 할 사람이 많으면 얼마나 좋을까. 멀리서 찾을 것 없이 남편이나 가족이 책 친구가 되는 게 가장 바람직하다. 남자 친구나 남편과 같이 서점에 가고 함께 책을 읽고, 이 얼마나 보기 좋은 풍경인가. 굳이 평론가처럼 토론하지 않아도 된다. 재미있는 영화 한 편 보고 나서 "주인공이 잘생겼다", "영화 속 나라로 여행을 가자" 하듯 시시콜콜한 이야기도 좋다. 책 표지가 예쁘다든가, 솔직히 무슨 말인지 모르겠는데 서평을 검색해 보니 이런 숨은 뜻이 있었다든가 하는 식으로 소소하게 이야기를 나누는 거다.

슬프게도 우리 집에는 책을 읽고 이야기를 나눌 사람이 없다. 남편은 책만 읽으면 빛의 속도로 잠이 든다. 잠들지 않는 날도 가끔 있지만 그런 날은 꼭 건달처럼 책에 시비를 건다. 이건 이래서 틀렸고 저건 저래서 틀렸다고 트집이다. 미간에 잔뜩 힘을 주고 책을 물끄러미 바라보면서 대뜸 납득이 안 된단다. 급기야는 뭐가 기분이 나쁜지 책 표지를 소리 나게 탁 덮는다. 사정이 이러하니 책 친구를 밖에서 만드는 수밖에 없었다. 혼자 달리기 힘든 사람들이 러닝크루를 찾는 것처럼, 나는 책을 옆구리에 끼고 함께 산책할 사람을 찾았다. 그렇게 하면 오랫동안 즐겁게 책 읽기를 할 수 있을 것 같았다.

본격적으로 독서모임을 찾았다. 인터넷 검색에 서툴러서인지 몰라도 활발히 진행되고 있는 모임이 눈에 띄지 않았다. 모임 사진이 올라와 있어 살펴보면 딸 정도의 나이로 보이는 젊은 사람들이 스무 명 정도 있었다. 나이가 무슨 문제냐 싶었지만 그들의 입장은 다를 수 있으니 연락하기 망설여졌다. 나이가 얼추 맞을 것 같아서 반가운 마음에 지역을 살펴보니 울산과 전주였다. 거리와 나이, 주로 다루는 책의 종류까지 따지니까 내게 맞는 독서모임을 찾기가 생각보다 어려웠다.

몇 달을 찾고 찾아서 발견한 게시물에 댓글을 달았다. 먼저 내 나이를 말하고 괜찮으냐고 물으니 나이 든 어른의 의견이 귀하니 오히려 좋다고 말해주어서 감격했다. 어른이라는 단어가 좀 걸리긴 했다. 단순히 나이가 많은 어른이 아니라 어른다운 어른으로 그 자리를 채울 수 있을까. 자신이 없었지만, 놓치기는 싫었다. 결정하고 나니 설렘에 마음이 부풀었고 가기 전날에는 밤잠까지 설쳤다.

인생에서 첫 경험은 얼마나 강렬한 것인지, 그건 독서모임이라도 예외는 아니었다. 책에 대해 말하는 사람의 입, 상대의 말을 듣는 열린 귀, 공감의 추임새, 지적 호기심을 채우려는 이글거리는 눈빛, 조용히 차례를 기다리는 배려, 첫날은 모임의 분위기를 느끼는 것으로 충분했다. 그날 집으로 돌아오는 버스 안에서 다짐했다. 무슨 일이 있어도 이 독서모임을 떠나지 말아야지. 그쪽에서 나가라고 하지 않는 한 내가 먼저 나오는 일은 없을 거라고. 그들이

심사숙고해 정했을 책 목록을 손에 쥐고 서점으로 향했다.

매주 금요일 오전 10시 모임이었다. 생각해 보면 고된 행군이었다. 한 달에 한 번도 아니고 일주일에 한 권을 읽는 모임이다. 속도를 따라가기 어려웠다는 기억이 없는 걸 보면 아무래도 당시에는 독서에 대한 허기가 꽤 컸던 것 같다. 나는 책을 갉아 먹는 벌레처럼 정신없이 읽었다. 함께 읽을 사람이 여러 명 생겼다는 게 커다란 동력이 되었다.

오전 10시 독서모임은 내게 많은 것을 주었지만 그중 가장 크게 받은 건 용기였다. 마음만 먹으면 무엇이든 읽을 수 있고 무엇이든 말할 수 있다는 것. 대단한 독서가가 아니라도 책에 관해 말할 수 있다는 용기를 얻었다. 내 첫 독서모임은 '서재가 있는 호수'의 뼈대가 되어주었다.

서재가 있는 호수 독서모임은 다른 독서모임과는 약간 다른 면이 있다. 딱 이거다 하는 기준이 없고 상황과 시기, 구성원의 나이와 인원수에 따라 유동적인 편이다. 온전히 개인적인 독서 경험을 바탕으로 구성원들과 의논하고 시행착오가 생기면 그때 그때 개선하면서 효율적인 방법을 찾아낸 결과다. '이런 방법이 좋네. 저런 방법이 좋네……'하며 떠드는 이야기에 신경 쓰지 않고 최대한 단순하게 그러면서도 즐겁게 하는 것, 처음 시작할 때나 7년이 지난 지금이나 나는 그 한가지만 생각한다.

독서모임에서 읽는 책은 난이도가 다양하다. 쉬운 책이든 어려운 책이든 상관없이 읽는 사람이 공감할 만한 내용이 풍부한 책을 고른다. 독서모임이 진행되는 동안 이해력이 넓어지고 세상을 보는 관점에 변화가 오면 이전에는 모르고 넘어갔던 내용이 저절로 이해되는 때가 온다. 예전에 이해했던 내용도 더 깊은 의미를 알게 되는 경험을 한다. 그러니 책이 어렵다고, 책이 낯설다고 초조해할 필요 없다.

우리 모임에 몇 번만 참석하면 처음의 초조함은 안도감으로 바뀐다. 운영자인 나의 책 읽기가 느슨하다는 걸 눈치로 알아차리기 때문이다. 나는 더듬거리는 독서를 한다. 책이 주장하는 내용이 강력해도 길을 잃어버린다. 어떤 구절에 감탄하느라 혹은 어떤 일화에 귀 기울이느라 문득문득 걸음을 멈춘다. 길을 잃고 헤매다가 말하고 싶었던 내용이 아닌 다른 내용을 말하기도 한다.

그렇게 헤매다 보면 읽은 책과 읽지 않은 책마저도 헷갈린다. 엉뚱한 곳을 돌아다니고 있으면 독서모임 구성원들이 나를 찾아준다. 여기 있을 줄 알았다며 자기도 거기서 길을 잃었노라고 고백한다. 심지어 그렇게 허술하게 읽

는데도 내 허술한 독서 방법이 마음에 든다며 좋아해 준
다. 책을 지나치게 진지하게 대하느라 양미간에 주름이 잡
히면 이러지 말자며 서로서로 주름을 펴준다. 우리는 책을
사랑하면서 읽고 책을 귀여워하면서 읽는다. 책을 옆구리
에 낀 아홉 명의 친구와 둥그런 원을 그리며 느릿느릿 강
강술래를 한다.

서재에 숨어서, 서재에 모여서

서재라는 공간에 대한 환상이 있다. 남의 서재를 엿보고
싶은 욕망이 들끓으니 유명인의 서재를 구경하는 여행 상
품이 있다면 당장이라도 예약할 거다. 네이버에서 연재한
'지식인의 서재'라는 코너를 한 편도 빠짐없이 읽었다. 책
으로 꽉 찬 커다란 책장도 근사하고 책장 앞에서 인터뷰하
는 그들도 멋지다. 한쪽 벽면을 다 채운 책, 그것도 모자라
중간중간 쌓여 있는 책들……. 이런 장면을 보면서 생각한
다. 와……, 이분은 정말 책을 많이 읽었구나……. 저 책을
다 읽다니……. 놀라우면서도 그 방대한 책의 양에 시샘이
난다. 무엇보다 서재가 부럽다. 한쪽 벽면을 다 채운 책은

최소 천 권 이상일 것이다. 천 권이라 가정한다면 하루에 한 권씩 읽어도 2년 반이 걸린다. 교수, 정치인, 의사, 작가 등 저마다 바쁜 직업을 가진 사람들이 하루 종일 책만 읽었을까? 장담하건대 그들 모두 자기 서재에 있는 책을 다 정독하지는 못했을 거다. 그렇게 생각하니 질투심이 좀 줄어든다.

내가 아는 사람 중에 그런 서재를 진짜로 가진 사람이 있다. 자기 집 거실의 삼면을 책으로 장식했다. 그는 책으로 꽉 찬 거실과 기성품 책장이 아닌 실력 있는 목수가 좋은 나무로 짠 것이 분명해 보이는 책장 사진을 거의 매일 인스타그램에 올린다. 책이 많다는 걸 자랑하고 싶었을까. 아니면 자기의 독서력을 뽐내고 싶었을까. 그 이유가 뭐든 엄청 부럽다. 부러워서 눈을 질끈 감는다.

그런가 하면 책을 읽는 자신을 감추는 사람도 있다. 그는 읽는 책에 관해 질문을 받는 것도 싫어하는 듯 보였고, 책을 많이 읽지만 그걸 숨기고 싶어 했다. 오로지 자신을 위한 독서를 할 뿐이었다. 뭔가 있어 보였다. 책을 들고 다니지만 사람들이 없는 곳에서만 읽는다. 그의 지인들은 그가 책을 많이 읽는지 모른다. 극소수 몇 명만 알 뿐이다. 그런 사람들에게 호기심을 느낀다. 왜냐하면 나도 한때 그런 부류였기 때문이다.

나는 가까운 친구에게도 책 읽는 모습을 보여주지 않았다. 책을 꺼내는 순간 이방인이 되는 경험을 한 이후부터였던 것 같다. 심지어 "너 책도 읽어? 의외네?"라는 말도 들었다. 차라리 스마트폰을 보던가 술을 마시며 상사의 뒷담화에 동참하는 것이 이런저런 화를 면하는 길이었다. 어쨌든 당시에는 책 읽는 모습을 들키고 싶지 않았다.

어차피 인생은 혼자야. 내 죽음을 가족도 대신해줄 수 없고 내 밥을 누가 대신 먹어줄 수 없고 내 똥을 누가 대신 싸줄 수도 없어, 세상은 혼자 살아가야 해. 나는 이런 말을 무슨 좌우명처럼 떠드는 사람이었다. 책을 읽으면서는 특히 외로움이라는 걸 느껴보지 못했기 때문에 더 쉽게 말했다. 혼자 있는 법을 배우고 싶다는 사람을 만난 적이 있는데 그때는 그 말이 너무나 이상했다. 그걸 배워야 하는 사람도 있구나 싶어서. 책은 당연히 혼자 읽었고 그래야 즐거웠다.

그런데 무슨 영문인지 갑자기 외로웠다. 처음 느껴보는 낯선 외로움이었다. 어느 날 도서관에 갔더니 나와 비슷한 외로움을 얼굴에 묻힌 사람들이 많았다. 소설이 꽂힌 서가를 돌아다니다가 같은 라인에 선 사람과 마주치면 괜스레 말을 걸어보고 싶었다. 요즘 무슨 책 읽으세요? 혹시 책 이야기를 할 사람이 필요하신가요? 일본 소설을 좋아하시나요? 아니면 프랑스? 오스카 와일드를 좋아하시나요? 이 동네 사시면 저랑 함께 독서모임 할래요? 참 뜬금없는 변화였고 내가 그렇게 달라진다는 사실이 놀라웠다. 그러면서도 사람이 나이가 들면 참 이상하게도 변하는구나 하고 대수롭지 않게 여겼다.

나는 원래 책 모임을 좋아하지 않았다. 책 읽을 시간도 부족한데 그 시간에 다른 책을 더 읽는 게 낫지 모여서 무슨 할 이야기가 그렇게 많다고 정기적으로 만나기까지 하나. 책을 읽은 사람들의 생각이 궁금하면 책에 관해 쓴 책을 찾아 읽으면 그만이라고 생각했다. 왔다 갔다 하는 걸 번거롭게 여겼고 소란스러운 것도 싫었다. 그런데 자꾸 마음에 변화가 생겼다. 책에 진심인 사람들만 모아 독서모임을 한다면? 돈이 전혀 들지 않는 모임이라면? 모임은 얼른 끝내고 술이나 먹고 놀자는 사람들만 아니면 괜찮을 것 같았다.

독서모임에 관심이 깊어질 즈음 주민센터 한쪽을 개조한 작은 도서관을 자주 다녔다. 주로 큰 도서관의 책을 상호대차 하면 가져다주고 반납을 받는 곳이었는데 매일 출근하다시피 했다. 그날도 다른 날처럼 책을 찾으러 간 평범한 날이었다. 늘 하던 대로 회원증을 건네주다가 갑자기(사실은 오래 품은 질문이었다) "이 도서관에서는 독서모임 안 하나요?" 하고 물었다.

"아, 오래전부터 생각은 했는데요. 다를 바쁘다고 하거나 아이들 그림책 모임만 원하시더라고요."

사서 선생님은 이렇게 답하면서 "하시고 싶다는 분이 한 분 계시긴 한데……"라며 말끝을 흐렸다. 다음 말을 가만히 기다리고 있자니 조심스럽게 덧붙였다.

"사실 어떤 면에서는 도움이 필요한 분이세요. 그래도 괜찮으시면 연결해드릴 테니 두 분이 함께 이야기 나누시는 건 어떠세요?"

며칠 뒤 연락처를 넘겨줘도 된다고 했다면서 그분의 전화번호를 문자로 보내주셨다. 통화를 하고 직접 만나보니 내가 사는 아파트에서 15분 거리에 살고 계셨다. 직업은 대학병원의 간호사, 몸과 마음에 휴식이 필요해서 휴직한 상태였다. '골방 독서가'라고 자신을 소개하며 웃었는데 햇빛을 아예 안 보고 산 사람처럼 피부가 하얗고 청순한 외모였다. 그녀는 귀 기울이지 않으면 들리지 않을 정도의 작은 목소리로 말했다.

우울증이 있는 그녀는 사람들 앞에서는 웃으면서도 마음속으로는 죽는 방법을 고민했고 세상일이 의미 없게 느껴지고 전부 시시했다고 한다. 지금껏 억지로 살았지만 죽음만큼은 내 마음대로 하겠다고 생각하면서 죽는 날짜를 정하고 달력에 동그라미를 치고 지우고 치고 지웠다고 한다. 요즘도 밤이면 매일 운다면서 자신이 책 읽는 것만큼은 좋아하니까 책을 읽고 속 시원히 말할 사람이라도 있으면 살 것 같을지 모르겠다고, 언젠가 도서관에 갔을 때 사서 선생님에게 말한 적이 있는데 이렇게 연결될 줄은 몰랐다며 좋아했다.

우리는 의기투합하여 독서모임을 만들었다. 이름은 '우연히(우연한 만남이라서) 독서모임'으로 정했다. 비록 구성원이 둘뿐이지만 내가 이끄는 첫 번째 독서모임이었다. 그동안 오전 10시 독서모임의 구성원으로만 참여했을 뿐 진행 경험이 없는 나로서는 두 명이라서 다행이었다. 규모가 작은 독서모임은 나에게 바람직한 출발이다. 내가 좋아하는 주제로, 좋아하는 작가들의 책으로 목록을 만들어 함께 이야기를 나누는 기분은 어떨까? 얼떨결에 운영자가 된 터라 걱정이 많았지만, 용기 내어 다양한 시도를 해보기로 마음먹었다. 무엇보다 진행자로서 여러 가지를 실험할 좋은 기회라는 생각이 들었다. 우리는 1년 동안 다른 누구의 눈치도 보지 않고 온전히 둘만의 독서와 토론과 실험을 이어나갔다.

어느 날 그녀가 말했다. 얼굴에 생기가 돌고 사람이

어딘가 달라졌다고 무슨 좋은 일이라도 있냐고 지인들이 묻더란다. 자기의 변화는 독서의 즐거움과 행복감 때문이라고 했더니 이해할 수 없다는 표정을 지으면서도 달라진 그녀의 모습에 그들도 독서모임에 관심을 보인다고 말했다. 그러고는 혹시 다른 사람도 '우연히 독서모임'에 들어와도 되는지 물었다. 자기는 독서모임을 통해 행복을 느끼면서 주변 사람들이 보이기 시작했다며 힘들어하는 누군가도 독서모임을 통해 행복해지면 좋겠다고 말했다. 이런 변화가 자기도 어리둥절하다면서 웃었다.

그러고 보니 그녀도 나도 1년 사이 많이 달라졌다. 그녀는 밝아졌고 나는 자신감이 생겼다. '우연히 독서모임'은 그녀가 병원으로 복귀하면서 어쩔 수 없이 끝났지만, 그때의 기억과 경험은 2년 후 가상의 서재로 사람들을 불러 모으는 데 긍정적인 영향을 미쳤다. 나는 오래전부터 상상하던 서재의 모습 그대로를 독서모임의 이름으로 정했다. '서재가 있는 호수'는 그렇게 시작됐다. 이름을 정한 지 7년이 지났어도 사람들은 여전히 '호수에 있는 서재'라고 부르지만, 독서모임의 이름은 정확히 '서재가 있는 호수'다.

호수고 서재고 떠들어봐야 다 꿈같은 얘기고 현실은 이번 달 모임은 어디에서 할지 장소를 고민해야 한다. 그러다가 곧 마음을 비운다. 장소가 좀 허름하면 어떻고 카페의 구석 자리면 또 어떤가. 모임에 오는 사람들의 일상에 책을 어떻게 끼워 넣을까, 그게 중요한 거지.

내게 말을 거는 책을 만나기까지

책은 어림잡아 한 달에 열다섯 권 정도를 사고 출판사에서 보내주는 책까지 더하면 한 달 동안 책장에 스무 권 남짓의 새 책이 꽂힌다. 책을 드물게 사는 사람들의 목록을 보면 남들과 똑같은 책만 사는 것 같다. 서점에 가서 한두 권만 골라야 한다면 인기도서나 사람들이 주목하는 책을 고를 수밖에 없기 때문이다. 그래야 실패 확률이 적다고 생각하니까. 하지만 그렇게 하면 독서량을 늘리기도 다양한 독서를 하기도 어렵다.

책을 읽겠다고 작정했다면 생활비의 얼마는 책값으로

책정하고 되도록 많이 사는 게 좋다. 읽지 못한 책이 쌓여도 책장에 꽂혀 있으면 언젠가는 읽는다. 물론 책값이 부담될 수도 있다. 나 역시 어쩌다 가계부를 살펴볼 때면 우리 집 살림 규모로는 책값이 과도하게 지출된다는 걸 인정하지 않을 수 없다. 많이 사든 많이 빌리든 어찌되었든 일단은 집에 책이 많아야 많이 읽을 수 있다. 다양하게 먹어봐야 어떤 음식이 맛있는지 아는 것처럼 다양하게 읽어야만 어떤 책이 자신에게 맞는지 알 수 있다.

책도 음식처럼 그때그때 당기는 게 있다. 서점에서 우연히 마주친 책 제목에 끌리거나 유독 탁! 걸리는 문장을 발견하기도 한다. 나는 이럴 때 몸이 음식을 원하는 것처럼, 책이 자연스레 말을 건다고 생각한다. 세상에 고민 없는 사람은 없다. 자기가 가진 고민만큼 책이 보이는 거다. 책이 답을 주지는 못한다 해도 적어도 나와 함께 고민을 할 수는 있다. 나보다 먼저 같은 고민을 한 사람들의 이야기를 통해 배우는 것이 많다.

책을 읽을 때는 책의 내용이 마음속에 무엇을 불러일으키는지 자기 내면을 살피며 읽는 것이 좋다. 책을 읽다가 내면의 감정이 움직이기 시작하면 까맣게 잊고 있던 기억이나 감정이 떠오른다. 그러면 잠시 읽기를 멈추고 그 기억과 감정을 따라간다. 그렇게 읽다 보면 책을 통한 마음의 치유가 이런 것이구나, 느끼게 된다. 간혹 '독서모임이 나를 살렸다'고 말하는 사람이 있는데 바로 이런 식으로 책을 읽은 것이다. 그러나 내면으로 들어가는 읽기가 어렵다면 당장 따라 하겠다고 기를 쓸 필요는 없다. 의식을 내면에 두고 책을 읽는 건 낯선 골목을 배회하다가 배가 고파지면 맛있는 냄새를 따라 자연스럽게 들어가게 되는 숨겨진 맛집 같은 거다.

책 읽는 재미를 찾아가는 모험

재미있는 책을 추천해 달라고들 하는데 대부분 거절한다. 말했다시피 재미란 워낙 추상적인 개념이라 되도록 책 제목은 말하지 않는다. 꼭 말해야 할 때면 작가면 작가, 주제면 주제로 분류해 말한다.

나쓰메 소세키의 『나는 고양이로소이다』를 재밌게 읽었다. 고양이의 눈으로 바라본 세상에 푹 빠져 몇 날 며칠 잠을 설쳤을 정도다. 그 경험으로 책을 권했다가 쓴소리를 들었었다. 내가 재미있게 읽었다고 남들도 재미있을 거라고 장담할 수 없다. 생각하건대, 재미있는 책이란 다른 사람이 아닌 내가 만드는 것 같다. '만든다'는 게 중요하다.

사실 심심풀이처럼 가벼운 마음으로 읽어서는 어떤 책도 재미있기가 어렵다. 책에서 재미를 찾는 건 모험을 떠나는 것과 비슷하다. 번지점프를 하듯 용기를 내서 그 속으로 풍덩 뛰어드는 것이다.

그전에 먼저 알아야 할 게 있다. 책이라는 매체가 기본적으로 재미하고는 거리가 있다는 걸 인정해야 한다. 소리도 안 나고 움직이지도 않는 종이 위 글자를 보는 게 재미있다는 사람이 이상한 거다. 책을 재미있다고 여기는 사람은 모르긴 해도 백에 한두 명 정도일까. 당연한 말이지만 나도 재미없는 책이 많다. 그런데 언제까지 책을 재미로만 읽을 것인가. 재미에만 이끌려 독서모임에 온다면 죄송하지만 돌려보내고 싶다. 그런 사람은 자기가 듣고 싶은 말을 해주는 책만 읽으려고 한다. 자기 생각을 어떤 작가가 책에서 똑같이 말해주면 기분이 좋으니까. 많은 사람이 그런 책이 재미있는 책이라고 믿는다. 그럼 어떤 책을 읽어야 하느냐고? 어떤 책을 골라야 할지 모르겠다 싶을 때야말로 독서모임에 가면 된다.

우리 독서모임에서는 다양한 방식으로 읽을 책을 정한다. 각자 한 사람씩 읽고 싶은 책을 골라 목록에 올린 다음 투표를 하거나 한 작가를 선택해서 그가 쓴 책을 여러 권 읽거나 분야별로 나눠 읽기도 한다. 대부분은 운영자인 내가 책을 고르는데 많은 사람이 만족할 만한 작품을 골라야 한다는 생각 때문에 부담이 적지 않다. 힘에 부칠 때면 각자가 읽고 싶은 책을 돌아가며 택하는 방식도 쓰는데 그때는 또 다른 문제가 발생한다. 자기가 고른 책을 토론하는 날, 당사자가 결석하는 것이다. 이런 일은 생각보다 빈번히 일어난다.

독서모임에서 읽을 책을 자신이 선정한다는 게 어떤 의미인지를 모르는 구성원이 의외로 많다. 독서모임을 할 책을 고른다는 건 다른 사람에게 책을 추천하는 것이다. 왜 이 책을 골랐는지, 이 책을 어떻게 만났는지, 어떤 이야기를 나누고 싶었는지 등등 주도적으로 이야기를 끌어가야 한다. 그런데 정작 그 사람이 결석을 하면 그날의 분위기는 단팥 없는 찐빵처럼 싱거워진다. 처진 분위기를 어떻게 되살릴지 고민이 이만저만이 아니다.

여러 번의 시행착오 끝에 책 선정은 자유로운 방식을 택했다. 그때그때 구성원의 분위기를 보고 책 선정법을 바꾸는 것이다. 구성원의 분위기가 안정적일 때는 돌아가면서 읽을 책을 선정하고, 출석률이 저조한 구성원이 있거나 명절이나 휴가철 등 변동이 잦은 시기에는 내가 책을 선택하는 편이다.

책을 선정하기 전에는 미리 읽으려고 노력한다. 지금

은 나름의 노하우가 생겨서 대략의 내용과 목차만 봐도 구성원이 좋아하겠다 혹은 어려워하겠다는 걸 대강 짐작할 수 있지만 그래도 대부분 정독하고 독서모임을 연다. 읽어보면 내용이 좋아도 독서모임에는 맞지 않은 책이 의외로 많다. 되도록 이야기가 풍성해질 책을 선택하는데 인터넷 검색으로 간단히 알아볼 수 있는 넓고 얕은 지식이 담긴 책은 우선 거른다.

이미 알고 있는 것과 정반대의 관점을 다루고 있다면 책의 완성도를 떠나서 꼭 읽어보려고 하는 편이다. 그런 책은 다른 학자나 독자에게 비난을 받을지 모르는 주장을 한다. 새로운 시각이랍시고 어처구니없는 내용을 적어놓은 책도 많지만, 그런 책도 관심이 가는 주제라면 욕하면서도 읽어본다. 말은 이렇게 해도 나 역시 뚜렷한 외부 자극이 없는 상태에서 어떤 대상에 관심을 갖고 그것을 책 읽기로 연결하는 건 쉽지 않다. 열린 마음으로 색다른 관점에 귀를 기울이는 게 독서모임을 이끄는 사람으로 할 수 있는 최소한의 노력이라고 생각할 따름이다.

아무리 독서모임으로 오라고 꾀어도 나는 혼자 읽겠다, 어떤 책을 읽어야 할지만 알려달라고 한다면 오케이! 나도 억지로 오라는 말은 안 하는 스타일이다. 가장 편한 방법은 책을 소개하는 책을 읽는 것이다. 작정하고 책을 소개하는 책이 서점에 많다. 쭉 훑어보면 책에 대한 정보뿐 아니라 읽지 않은 책이 이렇게 많다니 하며 독서에 대한 의욕이 덤으로 생긴다. 한 권의 책에는 수십 권의 책과 수십 명의 사상이 들어 있다. 어떤 책을 의미 있게 읽으면 그 책이 4.5권 이상의 읽을 책을 알려준다. 이름하여 '꼬꼬무 독서법'이다.

혼자 읽기에는 베스트셀러보다 스테디셀러가 좋다. 사람들에게 오래 사랑받는 이유가 있을 테니 후회하지 않는 선택이 될 가능성이 크다. 관심 가는 책은 인터넷에서 미리 살펴볼 수 있게 열어준 페이지를 읽어보는 것도 좋은 방법이다. 읽을 책 목록에 고전 하나 정도는 끼워 넣는 게 좋지만, 묵직한 질문을 담고 있는 경우가 많으니 1년에 한두 권 정도 시도해 보라고 말하고 싶다. 또 다른 방법으로는 주제어를 가지고 서점에 가는 것이다. 서점 검색대에 가서 알고 싶은 주제의 키워드를 넣는다. 심리면 심리, 여행이면 여행, 독서면 독서. 그러면 관련된 책이 모여 있는 서가의 위치가 나온다. 머리말과 목차 등을 대략 살펴보고 그중 두세 권을 골라 사면 된다.

책을 샀으면 우선 가방에 한 권은 넣고 다녀야 한다. 요즘은 전자책도 다양하게 나와 있으니 굳이 책을 이고 지고 다니지 않아도 된다. 나 역시 10분 이상 비는 시간이 생기면 읽을 수 있도록 책을 갖고 다니는데 지하철에서의 독서는 정말 꿀맛이다. 집중도 잘될 뿐 아니라 시간도 빨리 간다. 예전에는 가방에 책을 두 권 넣어 다녔다. 한 권만 가지고 다니면 보조 배터리가 없는 것 같은 기분이라 불안했는데 지금은 어깨가 아파서 한 권으로 만족한다.

독서모임 구성원 중에 여행 가방으로 써도 될 만큼 커다란 가방을 들고 다니는 사람이 있었다. 어느 날 가방 안의 책을 다 꺼내 보여줬는데 여섯 권인가 나와서 그 자리에 있던 사람들 모두 혀를 내둘렀다. 얼마 전에 만난 그녀의 가방은 전보다 더 무거워 보였다. 정말이지 못 말리는 독서 중독자다.

심장을 두드리는 책 하나

세상이 어떻게 변할지 모른다. 지금 내가 사는 세상도 어찌 변할지 모르는데 자식 대의 세상까지 예견할 수 있을까. 많은 돈을 남겨주고 싶지만 그건 애초에 글렀고 책 읽는 습관 정도는 남겨주려 했더니 그것도 맘대로 안 되었다. 독서의 즐거움을 알면 세상살이가 좀 힘들어도 이겨낼 수 있는 용기와 배짱이 생긴다고 말했더니 대체 어느 시대 얘기냐는 얼굴로 자기를 설득할 생각은 하지 말란다. 획 뒤돌아가는 모습을 보니 자기 인생은 자기가 알아서 하겠다는 고집이 보여서 잔소리는 거기서 끝났다. 독서 습관을 자식에게 남겨주는 집안은 반드시 흥한다는데 그것도 다

옛말이 되었다. 하는 수 없이 나라도 흥하자는 마음으로 혼자서 읽었다.

독서의 효용은 뭐니 뭐니 해도 자신을 알게 된다는 점이다. 한참 고생하던 시기에 내게는 꿈이라는 게 없었다. 장래 희망은 그야말로 장래의 희망이므로 어른이 다 되어서 무슨 꿈같은 소리를 하나 싶었다. 나이 삼십 넘어서 뭐가 되려고 작심하는 게 오히려 이상하다고 생각했다. 일이 잘 안 풀릴수록 "입에 풀칠만 하면 되지 뭘 그렇게까지 열심히 살아" 하고 말했다. 그런데 삶이 점점 고단해지니까 기댈 곳이 필요했다. 뭐가 좋을까 생각하다가 가장 가깝게, 그러면서 돈이 적게 드는 책이 생각났다.

본격적으로 책을 읽으면서부터 '꿈같은 소리 하고 있네'를 입에 달고 살던 내게 꿈이 생겼다. 별건 아니고 늙어서까지 책을 읽는 사람이 되는 거였다. 그러나 책을 읽으면 반드시 훌륭한 사람이 된다는 어르신들의 말에는 동의하지 않는다. 삶에 영향을 끼친 책을 못 만났다고 해서 운이 나쁘다고는 말할 수 없다. 인간에게 결정적 영향을 끼치는 게 꼭 책이 아닐 수도 있고 부모님이나 스승, 특이한 경험일 수도 있으니까. 그러나 내게는 책이 영향을 끼친 게 분명하다.

결정적 영향을 준 책은 생텍쥐페리의 『인간의 대지』
였는데 그 책을 만나고 나는 예전과는 다른 사람이 되었
다. 책에는 이런 말이 나온다. 주인공이 선배에게 비행을
배울 때 들은 말이다.

폭우로 천둥과 번개가 치거나 안개나 눈 때문에 괴로운 순간
도 있을거야. 그땐 너보다 먼저 이런 일을 겪은 사람들을 떠올
려봐. 그리고 나 자신에게 말해주는 거야. 다른 누군가가 이
뤄낸 일이라면 나도 해낼 수 있다고.

좀 부끄러운 마음을 안고 고백하자면, 이 문장을 읽는
순간 나는 오열했다. 왜 내 인생에만 고통이 찾아오는지
이해할 수 없었고 그 상황이 무척이나 억울했던 것 같다.
책은 내가 겪는 고난이 앞서 살아온 사람들이 겪은 일이
라는 걸 상기시켜 주었다. 역경과 아픔을 이겨낸 사람들이
있다면 나도 할 수 있다는 믿음 정도는 가져보자고 생각하
니까 눈물은 자동으로 멈췄다.

사람이 된다는 건 곧 책임을 진다는 의미다. 그것은 자신이 통
제할 수 없는 불행이 눈앞에 있을 때 부끄러움을 느끼는 것이
다.

이 문장에서도 역시 눈물이 났다. 나의 비참함을 본 누군가에게 받은 오해가 떠올랐기 때문이다. 그럴 만했으니 고생하겠지. 이 말은 오랜 시간 나를 고통스럽게 했다. 위 문장을 만나고 작은 결심을 했다. 내가 노력하지 않아서 비참해졌다고 생각하는 사람 앞에서 비굴하지 말고 부끄러워하지 말자고, 고난을 내 것으로 인정하고 당당히 맞서자고.

과장해서 말하자면 『인간의 대지』를 읽기 전까지는 나에 대해 깊이 생각해본 적이 없었던 것 같다. 이후 본격적으로 책을 읽으면서 나에 대해, 내가 좋아하는 것에 대해, 사는 재미를 느끼려면 무엇을 해야 하는지에 대해 생각하기 시작했다. 그동안 사는 게 재미없고 지겹기까지 했던 이유는 내가 어떻게 살아야 즐거운지를 몰랐기 때문이었다. 사실 요즘도 가끔 남들이 재밌다는 유튜브 채널을 찾아보곤 한다. 하지만 꾸준한 구독자는 되지 못한다. 매번 약간의 아쉬움을 느끼면서 '역시 중요한 건 남이 아니라 나였어. 내 취향은 유튜브가 아닌가 봐'라고 생각한다.

누구나 행복하게 살길 바란다. 로또 1등에 당첨되거나 부모가 유산을 물려주거나 일류대를 나와 대기업에 근무하면 행복하겠지만 그 행복이 평생 가는 걸 보지 못했다. 외부에서 찾은 행복은 시간이 지나면 사라진다. 하지만 내면에서 행복을 찾으면 궁극의 행복을 느낄 수 있다. 그렇게 찾은 행복감은 지속적이고 도망가지도 않으며, 누가 훔쳐 갈 수도 없고 사라질까 봐 두려워할 필요도 없다. 심지어 사방이 조용한 시간에 자기 안에 있는 행복을 꺼내 소처럼 되새김질도 할 수 있다. 나를 알면 한 방에 얻게 되는 행복이다.

그러니까 '나를 알기 위해서는 어쩌라는 건데?' 하고 물을 사람들에게 대답하자면 자신과 일치하는 책을 만나라고 말하고 싶다. 그런 책은 운이 좋으면 당장이라도 만날 수 있다. 내 이야기 같은 책, 내 사고를 확 변화시키는 책, 망치로 한 대 맞은 것 같은 책, 그런 책은 바로 알 수 있다. 이거다! 이거였어! 나 책 좋아했네, 하는 느낌.

그 순간에 느끼는 전율을 혼자만 아는 건 죄악이다. 좋은 건 같이, 여러 사람과 느껴야 한다. 나만 뭘 아는 사람으로 혼자만 재밌게 살려 했는데 뭘 좀 아는 자가 되어보니 누군가에게 이 재미를 전하고 싶었다. 단순히 지식을 소유하는 게 아니라, 공통된 책을 읽고 만나 나의 상처와 실패를 이야기하며 타인의 경험을 통해 성장하고 싶었다. 이것이 내가 7년째 독서모임을 하는 이유다.

변덕스러운 면이 있어서 그런가. 사람들이 책을 좀 많이 사고 읽었으면 좋겠다고 생각하다가도 한편으로는 책 읽기 홍보대사도 아닌데 남들이 책을 읽거나 말거나 무슨 상관인가 싶다. 나 혼자 읽고 나 혼자 재미를 보면 좋지, 뭐. 독서모임을 이끄는 사람으로 할 말은 아니겠지만 이런 생각을 하는 이유가 있다. 나는 책을 많이 읽는 사람들이 제일 무섭다. 이런 사람들의 성장을 지켜본 적이 있는데 정말 후덜덜하다. 몇 달 만에 중등 과정에서 대학원 과정으로 뛰어넘는 것처럼 일취월장하는 괴물도 여럿 봤다. 책이 그래서 대단한 거고 책 읽는 사람들은 그래서 무서운 거다. 그런 사람을 자주 마주하고 싶은 생각은 없다. 왜냐고? 부러우니까. 그래서 독서모임은 한 달에 한 번만 한다.

작가를 덕질하는 기쁨

책을 좀 읽는 사람이라면 다들 한 번씩 하는 경험이 하나 있다. 이른바 '꽂히는 작가'를 만나는 것이다. 그러면 그가 쓴 모든 책을 찾아 읽게 되는데 이른바 전작주의(全作主義) 독서다. 그렇게 작품을 하나하나 만나가면서 작가의 문학적 성장 배경이나 문체까지 섭렵하게 된다.

전작주의는 독서에만 해당하는 이야기가 아니다. 독서는 잘 안 하지만 좋아하는 배우가 나오는 영화를 모조리 찾아보는 사람은 수없이 많다. 믿고 보는 이병헌, 믿고 보는 박해일 하는 식으로. 좋아하는 감독의 작품을 보는 것도 같은 맥락이다. 미술, 음악, 영화 등 하나라도 그런 식으로 감상한다면 자신도 모르게 전작주의를 하는 셈이다.

독서모임 참여자 중에 혼자서 전작주의를 하겠다고 나서는 사람을 여러 번 봤다. 하지만 끝까지 가는 경우는 못 봤다. 이게 쉬운 것 같아도 여간 노력과 끈기가 필요한 게 아니다. 내 경험을 말하자면 전작주의가 어떤 작가를 이해하는 데 도움이 되는 건 분명하지만 출판사가 작가의 이름에 기대 무리해서 낸 책이라는 느낌이 들어서 불쾌한 적도 꽤 많았다. 그런 경우를 몇 번 겪으면 책 선택에 신중하지 못했다는 생각이 들고 전작주의 독서법에 흥미를 잃게 된다.

무슨 일이 있어도 이 작가의 작품을 읽겠다고 마음먹고 시작한 일이다 보니 공감이 안 되는 글이나 흥미 없는 내용도 참고 읽게 된다. 책 읽기의 즐거움보다 책 읽기의 의무에 빠지는 상황이다. 그래서 전작주의 독서법에는 중도 포기자가 많다.

전작주의 독서는 혼자하기보다 독서모임에서 함께하는 것이 좋다. 서머싯 몸이라는 작가의 책을 읽겠다고 결정했다면 구성원 각자가 그 작가의 책을 한 권씩 고르는 방법이 좋다. 인원수대로 하면 열 권이다. 그 책을 다 읽을지 의논한 다음, 득표수가 많은 순서대로 먼저 읽을 책을 정한다. 책을 그렇게 결정하면 꽤 수준 높은 목록이 만들어진다. 전작주의 독서라고 해서 어떤 작가의 책을 샅샅이 뒤져 하나도 빠짐없이 읽을 필요는 없다. 사람들이 흥미를 못 느끼는 책은 생략하기도 한다.

나도 꽂힌 작가가 많다. 박완서를 좋아한다. 그분의 책은 모조리 찾아 읽었다. 나쓰메 소세키도 좋아한다. 성석제는 무조건 읽고 이승우는 노벨 문학상을 타야 한다고 생각한다. 페터 비에리도 좋아해서 거의 다 읽었다. 최근에는 엘리자베스 스트라우트에 빠졌었고 김영민 교수의 글도 빠짐없이 찾아 읽는다. 한 분야에 치우치지는 않는 것 같다. 여러 작가를 좋아하니까 즐거움도 다양하고 삶이 풍요로워지는 기분이다.

좋아하는 사람 없이 살면 삶이 얼마나 맹숭맹숭하고 심심하겠나. 나에게는 좋아하는 걸 넘어 사랑하는 작가가 있다. 작가님이 이 글을 읽으면 징그럽다고 도망 다니실 게 뻔하지만, 이왕 말이 나왔으니 덕질의 역사를 풀어보려고 한다. 알 만한 사람은 아는 이야기인데, 나는 한수희 작가님의 오래된 그러면서도 질긴 팬이다. 덕질을 오래 하면 어떻게든 만나지는 건지 기적처럼 작가님을 만났고, 만나고 나서는 예전보다 더 좋아하게 됐다. 작가님의 책은 다 읽었고 모든 책을 다 좋아하지만 그중 제일 좋아하는 책은

『온전히 나답게』다. 그 책을 처음 접한 순간의 기억이 지금도 또렷하다. 그날 프롤로그 '나답게 산다는 것'의 첫 줄부터 네 번째 줄까지만 읽었는데 욕이 나왔다(너무 좋아서).

> 이런 제목의 책을 쓴 주제에 미안한 얘기지만 나는 '나답다'거나 '자신답다'는 말을 그다지 좋아하지 않는다. 솔직히 책이나 영화 같은 걸 보다가 자신, 자신, 자신이라는 말이 너무 많이 나오면 질식할 것 같은 기분이 들 정도다.*

*『온전히 나답게』, 한수희 지음, 인디고, 2016, p. 8

한국 작가의 책을 모조리 다 읽은 건 아니라서 단언할 수 없지만 이런 식의 글을 쓰는 작가는 거의 보지 못했다. 어떤 느낌이었냐면 외투를 벗고 티셔츠도 벗어서(두 팔을 엑스자로 엇갈리게 옆구리에 붙이고 벗는) 옆에 툭 던져놓고 신발도 한 짝씩 아무 데나, 뒤집히거나 말거나 신경 안 쓰고 벗는 사람, 주변의 눈을 의식하지 않고 아무것도 개의치 않는 사람이 눈앞에 서 있는 느낌이랄까. 그렇게 툭툭 벗어놓은 옷처럼 무심하게 썼는데 그 글이 나를 울리고 웃기고 난리가 난 거다. 울리겠다고 작정한 글과 웃기겠다고 결심한 글도 많이 읽었지만 이건 분명히 다른 레벨이었다. 신기한 점은 작가가 무심하게 툭툭 던진 것 같던 글이 잠시

뒤 다시 보면 너무나 가지런하게 나란히 나란히 줄을 서 있었다. 심지어 아름답게 빛나고 있는 느낌이었다. 이것까지 작가님의 계산이었다면 역시 천재. 도저히 안 좋아할 수가 없다.

내 덕질은 언제나 흔적을 따라가면서 시작된다. 작가님의 블로그를 어렵게 찾은 날의 감정은 도둑맞을까 봐 깊은 곳에 감춰뒀던 엄마의 금가락지를 엄마가 돌아가신 후 20년 만에 우연히 발견하는 기쁨 정도였다고 하면 적절한 비유가 될 것 같다.

새 글이 올라오면 새 글을 읽으려고 새 글이 안 올라오면 왜 안 올라오는지 알려고 블로그를 방문했다. 그러다가 작가님에게 처음 댓글을 달았는데 '내가 작가님의 미친 팬입니다'를 우회적으로 표현한 글이었던 걸로 기억한다. 그러고는 여차저차 기적적으로 마주 앉아 커피를 마시는 사이가 되었다. 마침내 직접 얼굴을 보면서 덕질을 하게 된 것이다. 지금도 작가님을 만나러 가는 날은 욕실 거울 앞에서 나에게 묻는다. 이게 현실이라고? 거울 안의 내가 대답한다. 바보, 그렇다니까! 그제야 현실임을 깨닫고 히죽히죽 웃는다. 좋아하는 사람이 있다는 건 이렇게나 흥분되고 아드레날린이 분출되는 일이다. 호르몬의 도움을 받아 활동적인 에너지가 생기고 기분이 개선되고 신진대사가 활성화되는데 이보다 좋은 일이 어디 있을까.

좋아하는 사람은 많으면 많을수록 좋다. 오히려 없는 게 문제다. 임영웅을 좋아하면서 삶의 활력이 생겼다는 사람도 있고 장민호라는 가수를 만나고 인생 최초로 덕질을 시작했다는 할머니도 봤다. 그분들의 얼굴에는 생기가 넘친다. 좋아하는 뭔가를 좋아한다고 말할 때는 목소리도 우렁차다.

사람들이 가수와 배우만 좋아하지 말고 작가도 좋아하면 좋겠다. 누구나 좋아하는 작가가 한 명 정도는 있어서 그 작가의 책은 꼭 사서 읽었으면 좋겠다. 자신이 좋아하는 작가에 대해 좋아하는 사람을 만나 떠는 수다가 세상에서 가장 재밌다는 걸 알았으면 좋겠다. 나도 좋아하는 작가에 관해 말하려고 독서모임을 하는지도 모른다. 독서모임에서 만난 사람 중 좋아하는 작가가 완벽하게 일치한 경우는 없었어도 비슷하게 맞아떨어지는 사람은 있었다. 그런 사람이 두 명만 모여도 시간 가는 줄을 모른다. 어떤 작가를 좋아하는지 알면 그 사람이 보인다. 같이 노는 친구들을 보면 그 사람을 알 수 있는 것과 비슷한 이치다.

자신이 누구의 전작주의자인지 알면 자신이 어떤 사람인지가 보인다. 우리가 알고 싶은 건 결국 그런 게 아닐까. 내가 어떤 인간인지, 무엇을 원하는지를 확실하게 정의 내리면 내가 왜 사는지 어떻게 살아야 하는지에 대한 답이 나온다. 책을 읽으면서 자신을 발견하게 되는 이유가 여기에 있다. 그게 독서의 참 매력이고 궁극의 희열이다.

때로는 시들해지기도 하지만

모든 독자는 배신자다. 어느 순간 꽂혔던 작가가 시시해진다. 내가 왜 이 작가를 이렇게 좋아했는지 의아해지는 것이다. 무라카미 하루키가 그랬고 버지니아 울프가 그랬다. 한창 그들에게 빠졌을 때는 미친 듯이 그들의 이야기를 빨아들이려고 애를 썼는데 이젠 하루키라면 뻔하다는 생각이 들고 울프는 우울하다고 느낀다. 더 다양한 작가를 만나고 새롭고 신선한 이야기가 들어오면서 어느 시점부터 예전에 알고 좋아하던 작가가 시시해지기 시작했다. 내가 나이 든 탓도 있겠고 시대의 변화에 따라 다르게 받아들여지는 것도 있을 것이다. 물론 그들의 이야기는 여전히 훌륭하다. 쉽게 배신자가 되는 내 경우를 말하는 것이다. 최근에는 마루야마 겐지를 배신했고 델핀 드 비강은 생각보다 빨리 질려서 나 자신도 의아하다.

말은 이렇게 해도 죽을 때까지 변하지 않고 좋아할 것

같은 작가도 있다. 알베르 카뮈와 로맹 가리다. 로맹 가리에 대해서는 애정이 깊은 만큼 늘 할 말이 많다. 한편 요즘 새롭게 꽂힌 작가는 장석주다. 그분이 쓰신 글을 읽으면 빛이 나서 눈이 멀 것만 같다. 책을 많이 읽었다고 자부하면서도 시집은 거리가 멀었는데 장석주의 시를 접하고 시가 좋아졌다. 또 한 분은 강신주다. 그분은 사람들에게 철학이라는 학문을 어떻게 풀고 말해야 하는지 알려주는 것 같다. 비록 책을 통해서지만 이런 분들을 만나면 행복하다.

요즘 독서모임에서 『토지』 전권 읽기를 하고 있다. 올해가 가면 『토지』의 대장정도 막을 내린다. 절반가량 읽으면서 『토지』라는 소설을 좋아하지 않게 된 사람이 생겼지만, 박경리 작가를 배신하겠다는 사람은 아직 없다.

그리고 무엇보다 한 명의 낙오자도 없다. 이 기세를 이어 내년에는 조르주 페렉의 전작을 읽을 예정이다. 아……독서에 관해 수다를 떨다 보니 글쓰기는 다 잊고 어디 구석진 곳에 숨어 책만 읽고 싶다.

여유롭고 느슨하게

독서모임을 이끄는 사람들에게 "반드시 발제를 준비해야 하나요?"라는 질문을 자주 받는다. 그때마다 나는 "반드시 해야 하는 건 아니다"라고 대답한다. 서재가 있는 호수 독서모임의 모든 과정에는 꼭 해야 하는 법칙 같은 건 없다. 나는 남들이 발제라고 말하는 그것을 발제로 생각하지 않는다. 무슨 말이냐면 책을 읽다 보면 자연스럽게 발제가 떠오르지, '자! 이제부터 발제 준비!'라고 마음을 먹고 시작하지 않는다는 것이다. 그러니 그걸 발제라고 이름 붙이기는 좀 어색하다.

책을 읽다 보면 책 속에는 길이 있다는 말이 왜 생겼는지 알게 된다. 여기서 말하는 길에는 두 가지 의미가 있다. 내가 가야 할 방향을 알려준다는 뜻과 책 안으로 들어갈 수 있게 해준다는 의미도 있다. 책 안으로 들어가는 길은 책을 충분히 읽다 보면 어느 순간 자연스럽게 보인다.

어떤 책을 정독하면 반드시 밑줄을 긋게 하는 문장을 만난다. 그때는 주저 없이 밑줄을 긋는다. 생각할 재료를 주는 내용이 발견되면 그 자리에도 표시한다. 문장과 연관된 이야기가 생각날 때면 따로 메모하고 읽다가 궁금한 점이 생기면 참고도서나 팟캐스트 등을 이용해 자료를 수집하거나 배경지식을 공부한다. 보통은 이 과정이 끝나면 구성원과 나누고 싶은 이야기가 대강 정해진다. 그렇게 정독으로 한 번을 읽고 두 번째는 밑줄 그은 곳 위주로 다시 읽는다. 그때는 구성원들이 헷갈릴 만한 문장이나 표현을 찾아 포스트잇을 붙이고 그 문장에 대한 나의 이해력도 체크한다. 그다음은 작가에 대한 정보를 찾아본다. 익히 알던 작가라도 새로운 정보나 내가 몰랐던 사실을 알게 되면 구성원들에게 알려주기 위해 메모하고 작가의 최근 인터뷰나 출간 의도가 담긴 기사 등을 찾아 읽으며 공유할 부분이 있는지 확인한다. 원작을 바탕으로 만들어진 영화가 있다면 보면서 원작과 영화가 다른 점을 찾기도 한다. 어떤 경우는 단톡방에 영화 정보를 미리 알려준다.

　이렇게 여유 있게 책과 그 주변을 살펴볼 수 있는 건 서재가 있는 호수 독서모임이 한 달에 한 번만 열리기 때문이다. 책에 대한 정보나 나눌 이야기를 찾아가는 과정에도 시간을 여유롭게 낼 수 있는 이유는 이 모임이 수익을 내는 독서모임이 아니기 때문이기도 하다. 여러 개의 독서모임을 운영하는 사람들은 사실 발제를 준비할 시간도 부족하다고 말한다. 한 분기의 책을 미리 정하는 이유도 나름 있다. 그래야 두 번이고 세 번이고 읽고 참석할 수 있고, 대출 중인 책은 긴 시간 기다려야 할 수도 있으니까. '모든 일정은 여유롭게, 진행 방법은 느슨하게' 하는 게 좋다. 나 역시 개인적인 일정 때문에 쫓기는 일은 있어도 독서모임 자체로 바쁜 경우는 거의 없다.

　나눌 이야기가 준비되었어도 구성원들에게 미리 공유하지 않는다. 공유한 경험이 여러 번 있는데 그다지 좋은 결과를 낳지 않았다. 내가 공유한 문장이나 질문 자체가 긴장도를 높이는지 재밌게 읽던 책도 갑자기 어려워진다는 구성원이 많았다. 그때그때 상황에 따라 적절한 질문이 오가는 지금의 자유로운 분위기가 좋지, 공부처럼 느껴지는 게 싫다고들 한다. 어쩐지 예습을 단단히 해야 할 것 같다며 부담스럽다는 의견이 많았다.

여러 번의 시행착오 끝에 지금은 독서모임을 이끌어
갈 준비는 거의 혼자 한다. 읽고 나눌 책의 종류와 내용에
따라 이때다 싶은 순간에 준비했던 질문을 하나씩 던진다.
작가에 대한 정보가 필요하다고 생각될 때, 좋았던 문장에
대해 말하는 구성원이 있을 때, 소극적인 구성원이 한마디
도 못 하고 있을 때, 대화가 끊기는 순간 등등 그때마다 미
리 메모한 내용을 꺼내거나 질문을 하기도 하고 나의 감상
을 깊게 이야기해서 누군가의 이야기를 밖으로 끌어낸다.
적어놓고 보니 거저 먹는 독서모임 같은데 맞다. 누워서
떡 먹는 것처럼 쉬운 독서모임이 바로 내가 원하는 독서모
임이다. 정색하고 발제를 준비하는 대신 공감되는 이야기
가 상대의 입을 열게 한다는 짧은 문장만 생각한다.

사람에게 기대고 책에 기대며

해외에서는 베스트셀러인데, 한국의 독자에게는 유난히 반응을 얻지 못하는 종류의 책이 있다. 개인의 고통스러운 경험을 담은 책들이다. '나는 남편과 사별한 후 이렇게 애도 기간을 보냈다', '나는 결혼을 이렇게 끝냈다' 등등의 스토리텔링이 우리 독서 시장에서는 크게 반응을 얻지 못한다. 자기 고통은 물론 타인의 고통도 마주할 용기가 없는 사람이 많기 때문이라 짐작한다.

사람들은 타인의 고통을 보는 건 물론이고 위로하는 것도 힘들어한다는 걸 독서모임을 하며 알게 됐다. 이를테면 구성원 누구에게 안 좋은 일이 생겼고 그 사람이 일어설 의욕조차 없다고 할 때 사람들은 초조해한다. 기댈 어깨를 빌려준다는데 일어서지 못하는 사람을 보며 왜 빨리 털고 일어나지 못하는지 의문을 품는다. 얼마 안 가 친절했던 사람들은 언짢아진다. 그러면서 위로를 시작할 때와는 반대의 생각을 한다. '애초에 그런 식이니까 쓰러지는 거야. 민폐니까 눈에 띄지 않는 곳에 가서 쓰러져.'

처음엔 동정했다가 이내 공격적으로 변하는 이유가 곤경에 빠진 사람을 일으켜 세우는 뿌듯함을 맛보게 해주지 않는다는 점 때문인지, 침울한 사람을 대하기 불편해서인지, 남의 절망이 자신에게도 올 것 같아서 신경이 쓰이고 부담을 느끼는 건지 모르겠다. 이유는 잘 몰라도, 부담이 길어지면 점점 성가셔지고 결국 화가 나는 건 분명한 것 같다.

나는 독서모임에 와서 뭔가 말하다가 우는 사람에게 슬픔을 억압하지 말라고 말한다. 자신의 기분과 감정을 소중히 해도 된다. 캄캄한 밤길을 걸으면 누구나 불안하다. 그럴 때 누구 하나라도 동행이 있으면 마음이 든든하다. 인생도 마찬가지다. 아무 일도 없을 때는 누구든 혼자서 태연하게 살아갈 수 있지만 인생에 어떻게 그런 날만 있으랴. 그러나 생각보다 동행을 찾는 건 어렵다. 슬픔이 개인적인 감정이기도 하고 같이 울어주더라도 상황이 다르기 때문이다.

완벽한 공감이란 건 없다. 동병상련이라도 그렇다. 같은 병을 앓는다는 사실이 위로되고 좋을 것 같지만 같은 병이라도 위중함이나 병세가 다르니 질투나 반감을 살 수 있다는 말을 들은 적이 있는데, 크게 공감했다. 타인이 울어주는 건 한계가 있다.

사실 타인의 이야기를 들을 때 우리는 가만히 듣는 게 아니다. 이야기를 듣는 것과 동시에 많은 감정이 올라온다. 그러고는 상대를 판단하려고 한다. 그럴 때 자신에게 일어나는 감정을 알아차려야 한다. 내가 저 사람을 불쌍하게 생각하는구나. 내게 그럴 자격이 있을까. 저 사람의 말에 짜증스러운 감정이 드는 이유가 뭘까. 그런 식으로 생각하는 연습이 필요하다. 그걸 실천하기 가장 좋은 곳이 독서모임이다.

말하다가 눈물을 쏟는 사람의 마음에 집중하면서 그 감정과 정서를 느껴보려고 노력해야 한다. 냉소적이거나 분노에 차서 말하는 사람을 판단할 게 아니라 자신이라면 그런 상황에서 어떻게 반응했을지 생각해본다. 자기에게 어떤 감정이 있는지 알지 못하는 사람은 상대방의 마음에도 공감하기 어렵다. 공감 능력은 그러므로 자기 성찰과 비례한다.

독서모임에서 구성원들의 이야기를 듣는 것은 많은 치유 이야기를 접하는 일이다. 실제로 누군가의 삶만큼 풍요로운 도서관은 없다. 그동안 받아들이기 힘들어서 외면했던 타인의 경험을 듣고 나면 그것이 자기 성장의 밑거름이 된다. 모든 타인의 이야기는 치유 소설이면서 신화라는 사실을 독서모임을 하면 알게 된다.

그러나 독서모임 구성원들이 공감해준다고 해서 힘든 일이 하루아침에 사라지는 건 아니다. 그럴 때 언제까지라도 동행이 되어주는 건 책이다. 책만큼 힘든 사람의 기분을 잘 알아차리고 끝까지 함께 울어주는 게 또 있을까. 그뿐 아니라 자신조차 모르는 석연치 않은 감정까지 '바로 이거야!' 싶게 시원하게 풀이해준다. 책은 어느 한 사람을 위해 쓰이지 않지만 신기할 정도로 '어머, 이건 내 얘기잖아' 하는 생각이 들 때가 많다. 어떤 절망의 순간에도 우리에게서 멀어지지 않고 극복의 단계에 들어설 때까지 내내 곁에 있어준다. 자신의 곁에 아무도 없다는 생각이 들 때도 책은 늘 함께 있어 준다.

책을 읽으며 마음에 힘이 생길 때까지 기다려야 한다. 그러다 보면 자기에게 있는 역량의 절반도 사용하지 않은 채 맥없이 살아가고 있다는 것을 깨닫는다. 자신에 대해 더 많이 알게 되고 마음의 힘이 더 강해지면 자신에게 질문도 하게 된다. 이제부터라도 어떤 인생을 살고 싶은지, 진짜 소망은 무엇인지, 10년 후에는 어떤 삶을 살고 싶은지, 삶의 큰 틀을 짠다면 어떤 모습일지, 본인에게 그런 질문을 던지면서 주체적으로 새로운 삶을 살게 된다. 처음 독서모임을 찾아올 때만 해도 어두웠던 얼굴이 반사판을 비춘 것처럼 환하게 변한다. 독서모임을 오래 하다 보면 그런 사람을 가끔 목격한다.

여전히 망설이는 당신을 위하여

사람들은 독서모임에 오기를 망설인다. 아무리 생각해도 책에 대해 할 말이 없다고 생각하기 때문이다. 책을 많이 읽은 사람도 아닌 것 같고 혹시나 자기가 잘못 읽은 건 아닌지 의심스러워서다. 책을 읽었다고 해도 이 책 저 책 집 적거리기만 했을 뿐 제대로 정독한 책이 없는 것 같단다. 독서모임의 문을 두드리며 한결같이 하는 말이다. 사람들은 대부분 읽은 책만 이야기해야 한다고 생각한다. 제대로 읽지도 않았으면서 책에 대해 왈가왈부하는 건 잘못이라고 여긴다. 물론 틀린 말은 아니다.

그러나 생각해 보면 어지간히 유명한 책이 아니고서야 한자리에 모인 사람들이 모두 다 읽은 책은 별로 없다. 심지어 누구나 제목을 아는 고전 작품도 막상 읽은 사람은 별로 없고 끝까지 읽은 사람은 더더욱 없다는 걸 독서모임에 오면 알 수 있다. 세상에는 너무나 많은 책이 존재한다. 그 많은 책 중에서 자기가 골라 읽은 책과 남이 읽은 책이 겹칠 확률은 생각보다 적다. 그러니 독서량이 적어서, 책에 대해 할 말이 없어서 모임에 오는 걸 망설일 필요는 없다. 자기 스스로 만든 책에 대한 장벽을 무너뜨리면서 시작되는 게 독서모임이다.

누구는 책에 대해 열정적으로 말하는데 같은 책을 읽고도 할 말이 없는 자신이 부끄럽다고 말하는 구성원이 있었다. 자기가 듣기만 할까 봐 겁이 난다고 했다. 내게 따로 시간을 내달라면서 둘이서만 이야기를 하려는 사람도 있다. 그때 말해준다. 지금 하는 이야기를 여러 사람 앞에서 말할 수 있어야 한다고. 그러면 대답한다. 아직 자신이 없다고, 혹시 자기의 무식함이 드러날까 봐 겁이 난다고 했다.

처음 온 사람들에게 나는 책을 읽고 느낀 점을 미리 쓰라고 말한다. 그러면 긴장을 조금이나마 누그러뜨릴 수 있다. 책을 읽다가 문득 떠오른 생각이 있으면 그때그때

메모! 독서모임 날 그 메모를 바탕으로 이야기를 풀어가보자고 한다. 글쓰기로 말하는 것, 누군가와 단둘이 있을 때 말하는 것, 여러 사람 앞에서 말하는 것은 각기 다른 강도의 용기가 필요한 일이다. 온 힘을 쥐어 짜내 한 단계씩 통과하면 언제 그랬냐는 듯 술술 말하게 된다.

딱 봐도 얼굴에 '소심'이라고 쓰인 사람이 합류한 적이 있었다. 기존 구성원보다 나이가 어려서 더 긴장한 것처럼 보였는데 어느 순간 편안하게 말을 해서 그 이유를 물었다. 어머니와의 관계가 고민이었는데 어머니와 비슷한 나이의 어른에게 이야기를 들으니 오히려 마음이 편안하고 약간의 답을 얻은 것 같다고 말했다. 그런데도 여전히 긴장이 풀리지 않은 건 자기가 준비한 질문이 실례가 되지는 않을지, 모두 공감을 해줄지 걱정이 많아서라고 했다.

수줍음이 유난히 많은 사람이 여러 명 모임에 들어온 어느 해도 있었다. 그럴 때면 책을 좋아하면 수줍어지는 건지, 아니면 수줍음 많은 사람이 책을 좋아하는 건지 헷갈린다. 그러나 처음의 어색한 공기가 지나가면 경직된 분위기는 스르르 녹아내리고 다들 왜 이곳에 왔는지 어떤 고민과 생각을 하며 살아가고 있는지 조금씩 털어놓는다. 책 한 권을 놓고 둘러앉은 사람들 사이에는 나이와 상관없이 순수한 우정과 유대감이 생긴다. 그러다 보면 어느 날 문득 '함께 읽는 이유가 바로 이런 것이구나' 하고 느끼게 되는데 거기까지 가면 빠져나오기 힘들다.

누구는 독서모임을 무슨 대단한 인생 학교처럼 말하고 무조건 진지하게 임하는 것이 옳은 태도라고 말하기도 하지만, 나는 책 모임에 대한 그런 식의 접근이 조금 불편하다. 모든 일을 포기하고 책만 읽으려는 사람을 만나면 말리고 싶고 책을 한 권 읽기 시작했다고 꼭 끝까지 읽을 필요 없다고도 자주 말한다. 적어도 우리 독서모임 구성원에게는 독서가 학교 공부나 스펙 쌓기로 느껴지지 않았으면 좋겠다.

책과 부담 없이 친해지는 게 우선이다. 독서모임에 오면 책만 읽는 게 아니라 사람도 읽어야 한다는 걸 알아야 한다. 그게 책을 많이, 진지한 태도로 읽는 것보다 훨씬 중요하다.

독서모임에서 읽을 책을 샀는데 다 못 읽는 것을 낭비라 생각하지 말고 출판 업계에 기부했다고 생각하면 된다. 그래야 출판사도 먹고 산다. 그렇게 독서모임을 이어가다 보면 나를 자극하는 책을 만나게 된다. 결국 그런 책을 함께 찾아가는 과정이 독서모임이다. 내가 최근에 이런 책을 읽었고 많은 걸 생각하게 되었다고 소개하는 자리면 충분하다.

책을 다 읽지 않아서 참석이 어렵다는 연락을 자주 받는다. 책을 읽지 않고 왔다는 이유로 위축되는 사람도 있다. 누군가 그 책을 다 읽었냐고 물어볼까 봐 겁난다면 다읽지는 못했다고 솔직히 말하면 된다. 미안해서 쩔쩔맬 필요도 없다. 나는 그 책의 어떤 부분을 읽었는데 내 생각은 이렇다고 말하면 그만이다. 책에 관한 책 중에는 『왜 읽는가』라는 책이 있는가 하면 『읽지 않는 책에 대해 말하는 법』 같은 책도 있다. 읽지 않은 책에 대해서는 말하면 안되는 건가? 나는 그렇지 않다고 생각한다.

도서관 사서들은 출간된 책을 다 읽지 않고도 사람들에게 책을 추천한다. 정독하지 않은 책이라 해도 그 주제에 관한 생각과 느낌을 편하게 이야기하면 된다. 한 번도 만나보지 않은 연예인에 대해서는 그렇게 이야기를 잘하면서 읽지 않은 책이라 해서 말 못 할 이유는 없다. 읽은 책에 대해서만 말할 수 있다는 태도는 책을 지나치게 숭배하는 것이다. 나는 독서모임이 아이들이 뛰어노는 놀이터처럼 어른들의 놀이터가 되면 좋겠다. 놀이터에서 남의 눈치를 볼 필요는 없다.

책 읽기도 독서모임도 처음에는 누구나 의욕이 하늘

을 찌른다. 당장은 좋아 보이지만 그런 상황이 거듭될수록 지치고 힘들어진다. 본업이 있는 상태에서 무리하면 책도 읽기 어렵고 모임에 참석하기가 만만치 않다고 느끼게 된다. 나중에는 억지로 참석하는 지경에 이르고 의욕을 잃고 만다. 그런 과정이 반복되면 결국 사소한 일에도 실망하고 모임에 회의적인 마음이 든다. 그렇게 될 바에야 처음부터 의욕을 적당히 조절하는 게 좋다. 그 에너지를 차라리 독서의 질을 높이는 데 쓰라고 말하고 싶다.

나에게 꾸준히 책을 읽는 비결을 묻는 사람들이 있다. 그럴 때는 보통 책에 대한 나의 태도를 말해준다. 나는 책을 읽고 나면 '아이고, 작가님 오늘도 저를 웃겨주셔서 고맙습니다' 하는 마음이다. 고개를 까딱하는 정도로 가벼운 인사를 하는 책도 있고 큰절하고 싶은 책도 있다. 내가 좋아하는 책은 거의 웃기는 책이다. 작가로서 배울 수만 있다면 없는 돈을 털어서라도 그들의 재치와 코미디 감각을 배우고 싶다.

유머로 속을 꽉꽉 채워 전속력으로 달려오는 책을 향해 말한다. 정말 너는 어쩌면 이렇게 웃기니. 어느 날은 책이 뚜벅뚜벅 걸어와 가장 보드랍고 연약한 겨드랑이 쪽 살을 세게 꼬집는다. 눈물을 찔끔거릴 때도 있고 큰소리로 엉엉 울 때도 있다. 어떤 책은 숨어 있는 내 눈물을 밖으로 꺼내준다. 책은 네모라서 무뚝뚝해 보이지만, 적절하게 다정다감하다.

|2장|

책을 나누고
사람에게 배우며

나는 앞으로 내 인생에 필요할지도 모르는 지도를
독서모임에서 만든다.
구성원들은 각자 만든 지도를 서로 교환한다.
그들과 주거니 받거니 하는 그 시간이 정말 좋다.

책에서 찾은 지도를 서로 나누며

"대체 우리는 무엇을 위해 책을 읽을까?"
우리 독서모임 구성원들이 서로에게 자주 하는 질문이다.
사람들의 말처럼 행복해지기 위해서 읽는 걸까? 그렇게
단순한 대답으로는 설명이 안 된다. 왜냐하면 책이 없어도
행복할 수 있으니까. 여행도, 맛있는 음식도, 아름다운 자
연도 다 행복이 될 수 있다. 행복을 찾기 위해 적극적으로
나서기만 하면 행복은 사방에 있다.

카프카가 친구에게 보낸 편지에는 유명한 글귀가
있다.

우리는 우리를 상처 내고 폐부를 찌르는 듯 고통을 주는 책이
필요해. (…) 마치 재난처럼 닥쳐오는, 나 자신보다 더 사랑
한 연인의 죽음 같은, 모든 것에서 멀리 동떨어진 숲속으로 나
를 밀어내는, 스스로 목숨을 끊는 이의 슬픔 같은 책 말이야.
그렇게 책은, 우리 안의 얼어붙은 바다를 깨부수는 도끼여야
해."

* 카프카가 스물한 살이었던 1904년, 친구 오스카 폴락에게 보낸 편지

이게 무슨 귀신 씨 나락 까먹는 소리인지. 기분이 좋
아지는 책을 찾는 사람은 많겠지만 읽으면 고통스러운 또
는 읽고 나면 불행한 기분이 드는 책을 찾는 사람은 거의
없을 텐데. 심지어 죽음처럼 다가오는 책이라니 오싹한 기
분이 든다.

누구나 살다 보면 불행을 겪을 때도 있고 사랑하는 사
람을 잃을 때도 있고 자살을 생각할 만큼 괴로울 때도 있
는데 그럴 때 사람들은 책을 찾는다. 비슷한 기분을 먼저
느껴본 사람들의 이야기가 궁금해서 서점에 갔는데 그런
책이 없다면 기분이 어떨까. 나는 좀 아쉬울 것 같다. 누
구나 인생에 한 번은 절망을 경험하는 이상 그에 관한 공
감과 위안을 주는 이야기는 꼭 필요하다. 책이 가장 필요
한 시기는 힘들 때인 것 같다. 그러고 보니 사람을 조금이

라도 더 행복하게 만들기 위해서 책이 존재한다는 건 틀린 말이 아니었다.

    나는 이 나이가 돼서도 세상이 어떻게 돌아가는지 모를 때가 많다. 불안에 떨며 서툰 모습으로 산다. 인간사가 너무 복잡하게 돌아가서 현실을 제대로 파악하기도 어렵다. 전혀 모르는 거리를 걷는 것 같은 기분이 들 때도 많다. 인생 전체를 한눈에 파악하고 싶은데 그게 어렵다. 내 비게이션이 있었으면 좋겠다. 가장 빠른 길, 공사 중인 길, 뻥 뚫린 길을 미리 알려주면 좋겠다. 왼쪽으로 꺾으면 어떤 가게가 나온다든지 직진하면 막다른 골목이라든지 그런 정보가 이미 머릿속에 들어 있어서 불안 같은 건 모르고 살고 싶다. 인생 지도를 들고 있으면 삶이 완전히 달라질 것 같다.

    이야기 속에 지도가 있다는 걸 책을 읽으며 알았다. 책 속 이야기는 현실을 알려주는 지도 같았다. 이야기를 들여다보면 어떤 세계의 한 부분이 있었다. 이야기를 통해 현실을 간접적으로 경험해 보니 생각보다 눈앞이 깜깜하지는 않았다. 다들 잊었는지 모르지만 사실 어린 시절에는 누구나 이야기를 듣고 싶어 했다. 밤마다 엄마나 할머니에게 아무 이야기나 해달라고 조르지 않았나. 그런데 어른이 되고는 많은 이가 이야기로부터 멀어진다.

책, 영화, 드라마, 만화를 아예 읽지도 보지도 않는 사람도 있다. 그런 사람들은 이야기에는 흥미가 없다고 무슨 자랑처럼 말한다. 오직 현실에만 관심이 있다고 딱 자른다. 나는 그들이 부러우면서 한편으로 거리감이 느껴졌다. 그리고 커다란 물음표가 생겼다. 어떻게 저렇게 사는 게 자신만만할 수 있지? 책도 영화도 안 보고 혼자 세상을 이해하는 게 가능할까?

그러던 어느 날 눈앞의 현실에만 관심이 있다던 지인에게 좋지 않은 일이 생겼고, 절망하는 모습을 보며 알게 된 게 있다. 사람에게 더는 이야기가 필요하지 않게 되는 이유는 자신이 살아가는 데 필요한 이야기를 이미 손에 넣었다고 착각하기 때문이라는 사실이었다. 그런 사람들은 하나의 이야기에만 깊이 파고들어 거기 웅크리고 사는 것 같다. 이를테면 돈과 출세와 성공 같은 현실적인 이야기에. 물론 자기가 고정된 이야기 안에서 살아간다는 의식은 못 한다. 누구보다 현실을 정확하게 파악하고 그 안에 비틀거리지 않고 제대로 살고 있다고 믿는다. 그들에게 인류의 평화나 정의 구현 같은 걸 말하면 무슨 꿈같은 소리냐고 욕을 한 바가지 먹는다. 누군가가 돈이나 사회적 성공을 추구한다고 하면 매우 현실적이고 현명하게 살아가는 것처럼 보일 수도 있다. 하지만 사회의 분위기가 그런 생각을 하게 할 뿐 그것도 자기가 수집한 하나의 이야기에 불과하다.

살다 보면 자기가 만든 이야기대로 인생이 흐르지 않을 때가 있다. 그런 예기치 않은 일이 생기면 새로운 각본을 써야 한다. 나 역시 인생이 혼란스럽고 삶 전체를 통째로 잃어버린 것 같을 때 누군가의 인생을 참고해서 새로 쓰고 싶었던 적이 많다. 그럴 때면 먼저 넘어진 사람의 이야기를 찾아 읽었다. 캄캄하던 눈앞이 조금씩 환해지는 경험을 그때 했다. 독서모임은 바로 그런 이야기를 공유하는 곳이다. 거기에는 인생 경험이 많은 현명한 언니도 있고 나보다 훨씬 똑똑한 동생도 있다. 거기서 나의 실패를 털어놓고 남의 성공도 학습한다.

독서모임을 통해 얻는 중요한 소득 중 또 하나는 인식의 전환이다. 지금까지 세상을 보던 관점에 어른스럽지 못한 요소가 있었음을 깨닫는 것이다. 인생에 문제가 생기면 남 탓을 하고 내가 원하는 것을 주지 않는다고 세상을 탓했다는 걸 화들짝 알아차린다. 성인으로서의 내 삶은 내 책임이고 내가 만들어가는 내 몫이라는 사실을 받아들이는 순간부터 인식의 전환이 일어난다. 그러면 외부로 향하던 모든 관심이 자기 자신으로 향하게 된다. 누군가를 섣부르게 판단하고 싶으면 내 인생이나 열심히 살자는 쪽으로 바뀐다. 외부에 투사했던 모든 문제를 끌어와 다시 끌어안는다. 모든 건 내 문제구나. 진심으로 그렇게 생각할 때 인식의 전환이 온다.

독서모임의 구성원 중 누군가가 그렇게 성장하고 있는 걸 눈으로 보면 나도 저렇게 변할 수 있다는 희망이 생기고 앞으로도 독서모임에 계속 나와야겠다는 의지도 불끈 솟는다. 나는 앞으로 내 인생에 필요할지도 모르는 지도를 독서모임에서 만든다. 구성원들은 각자 만든 지도를 서로 교환한다. 그들과 주거니 받거니 하는 그 시간이 정말 좋다.

책과 나와 사람들 사이에서 만난 것들

버지니아 울프는 여성들이 지적 자유를 갖기 위해서는 자기만의 방에서 글을 써야 한다고 강조한다. 글쓰기를 통해 사물을 있는 그대로 보고 실재를 파악하라고 말했다. 글을 쓰기 위해서는 1년에 500파운드가 필요하다는 당부도 잊지 않았다. 나는 버지니아 울프가 내가 할 말을 1929년에 했다는 사실에 놀랐다. 어떻게 알았을까. 대한민국에 사는 어떤 여자가 오십이 넘고 자기만의 방을 이렇게 간절히 원하게 될 거라는 사실을.

아무튼 나도 나만의 방이 필요했다. 퇴직을 했기 때문

에 나만의 시간은 생겼지만, 나만의 방은 없었다. 식탁에서 글을 쓰거나 옷방에서 쓰는 건 진력이 났다. 번듯한 책상을 원했다. 한동안 나만의 방, 나만의 방 노래를 불렀다. 내 방이 필요하다며 말로도 하고 글로도 썼다. 내 방 타령을 듣고 지인이 말했다.

"그게 그렇게 어려운 일이야? 아무 방이나 하나 비우면 될 일을……. 그런데 글은 왜 쓰려고 난리야? 골치만 아프고 돈도 안 되고 힘만 들 일을 왜 못해서 안달인 거야?"

나는 그날 비울 방이 없다는 말은 하지 못하고 설명하기 어려운 이상한 외로움을 느꼈다.

책이라는 건 묘한 구석이 있어서 한 문장이나 단어 하나만 봐도 그것을 읽고 있는 나의 삶, 나라는 존재로 눈을 돌리게 할 때가 많다. 책이 불쑥 나에게 말을 걸었다. 너도 아프지? 힘든 상황에 직면했을 때 아픔을 느끼는 강도는 개인마다 다르다. 약을 먹더라도 약효가 시작되는 시점도 다르고 완치 시기도 다르다. 어떤 사람은 빠져나오지 못하고 아예 아픔 속에서 살아가는 사람도 있다. 그러나 타인은 그걸 이해하지 못한다. 내가 남편 때문에 힘들어하던 시기에 누군가가 이렇게 말했다. "때리기를 하니, 돈을 안 벌어주니, 도대체 왜 못 살겠다는 거지?", "대체 왜 싫은 건데?" 이 말은 숨어있던 나의 외로움을 불러냈다. 살다 보면 안 좋은 상황을 타인에게 설명해야 할 때가 있다. 좋은데 뭐라고 설명할 방법이 없다는 어느 사장님의 말처럼, 괴로운데 뭐라고 설명해야 할지 난감했다.

설명하기도 어려운 감정의 대부분을 가족에게 전달받았을 때는 더욱 말하기 어렵다. 가족의 흉을 보는 것 같기 때문이다. 그러다 해결 방법을 찾지 못한 채 미움은 미움대로 죄책감은 죄책감대로 켜켜이 쌓게 된다. 타인에게 공감하지 못하는 사람들이 잘하는 말이 있다. "아니, 힘든 사람이 한둘이야? 이 나라에서 이해받고 존중받으며 사는 사람이 얼마나 된다고." 물론 틀린 말은 아니다. 그렇다고 견디는 내성이 누구나 강한 건 아니다. 살아가는 것 그 자체가 고통일 때 그 자리를 씩씩하게 지키기를 강요하는 건 폭력적인 일이다.

견디는 사람은 견디기 힘들다는 사람이 불편하다. 자신은 견디는데 누군가가 앞에서 죽어도 못 견디겠다고 아우성치면, '나는 견디는데 지가 뭔데 못 견뎌?' 하고 삐죽거린다. "누가 억지로 시켰어? 결국 본인의 선택이었잖아"라는 말로 상황을 종료시킨다. 사람들은 자기도 모르게 형성된 신념을 남에게 그런 식으로 강요한다는 걸 깨닫지 못한다. 아픔을 나쁨이라고 말하는 세상이다. 그렇게 사는 게 옳은 방향이라고 믿고 그냥 살아간다. 세상의 요구와 가치관이라는 틀에 맞춰 조종당하면서 자기도 모르게 피해자였다가 또다시 가해자가 된다.

　나는 지난 몇 년 동안 구성원들의 그런 모습을 지켜보면서 작은 신념이 생겼다. 책을 많이 잘 읽는 독서모임이 되기보다 상처받고 떠나는 사람이 없는 독서모임이 되자고 다짐했다. 책을 많이 읽었든, 아예 독서와 담을 쌓았던 사람이든, 성격이 소심하든, 눈치가 없어서 주변 사람을 곤란하게 하든, 앞뒤 가리지 말고 환대하자. 어쩌면 이 마음은 그동안 운영자로서 힘들다고 늘 불평만 하던 나에게 하는 약속이면서 다짐이다. 물론 쉽지 않을 것이다.

　7년 동안 구성원 누구에게나 다 만족을 준 모임은 아닐 것이다. 실제로 아프게 떠난 사람도 있었고 억지로 보낸 사람도 있었다. 그럴 때마다 마음이 불편했다. 떠나는 그들의 뒷모습을 보면서 하나라도 좋은 기억을 가지고 갔으면 싶었다. 독서모임에 와서 기분만 상했고 상처만 받았다며 독서모임 때문에 오히려 책과 사람들에게서 멀어졌다는 사람을 만난다면 좀 아플 것 같다.

　무슨 사연이 있는지는 몰라도 책이 마지막 보루라면서 서재가 있는 호수 독서모임을 찾아온 사람이 있었다. 모임 구성원들의 변함없는 환대가 진심인 것을 알고 조금씩 마음의 안정을 찾는 것처럼 보이더니 어느 날 눈물이 그렁그렁한 채 말했다. 자기는 누군가가 "독서모임을 하면 뭐가 좋은데?"라고 질문을 하면 꼭 말해주고 싶은 게 생겼다고 했다. 그건 바로 독서모임을 하면서 만난 신비로운 순간에 관한 이야기라고.

자기가 참여하는 건 분명히 독서모임이지만 그 신비로운 순간은 단순히 책에만 있지 않다고 했다. 책과 자기의 마음과 독서모임에 참여하는 사람들의 마음 사이사이에 난 길 어딘가에 있었다는 것이다. 자기는 그 좁은 길에서 작고 반짝이는 걸 발견했는데 그걸 한 마디로 무엇이라고 정의 내릴 수는 없다는 것이다. 도무지 책이 눈에 들어오지 않는 날이나 황량한 벌판에 혼자 서있는 것 같은 기분이 들 때, 자기가 인생에서 뭘 찾는지 모르는 막막한 기분일 때는 우연히 발견한 작고 반짝이는 것에 대해 떠올리는 데 그러면 조금 힘이 난다고 말했다.

그날 그 얘기를 듣고 나는 많이 울었다.

괜찮은 어른

『82년생 김지영』을 읽고 이야기를 나눈 날 독서모임에는 두 명의 82년생이 있었다. 그녀들에게는 나이 외에도 시댁과의 갈등이 심하다는 공통점이 있었다. 수정 씨는 3대 독자 아들을 낳은 날부터 갈등이 시작됐다고 했다. 시어머니는 손주가 귀한 나머지 먹는 것부터 입는 것, 육아에 관련된 모든 부분을 간섭했고 엄마인 수정 씨의 의견은 아예들을 생각조차 안 했다. 시어머니와 시누이의 참견이 날이 갈수록 심해지자 이건 아니다 싶어 아들의 육아는 자신이 알아서 하겠다고 말했다가 시어머니는 물론 시댁 식구 모두와 원수지간이 됐고 지금은 남편까지 마음이 돌아선 것 같다고.

또 다른 82년생 현아 씨는 세 식구가 다 먹지도 못할 정도로 반찬을 많이 만들어 냉장고를 채워주시는 시어머니가 힘들다고 했다. "네가 내 아들을 시원찮게 먹이니 하는 수 없이 내가 이렇게 음식을 해 나르는 거 아니냐. 이게 싫으면 네가 음식에 좀 신경을 쓰든가"라는 시어머니의 말을 들을 때마다 자기가 결혼을 왜 했는지 후회스럽다고 했다. 그녀들은 현실이 당장 변할 거라는 기대는 하지도 않는다며 식구 중 누구라도 자기 말을 좀 들어줬으면 좋겠다고 울며 하소연했다. 그 자리에는 시대가 변해도 달라지지 않는 며느리들의 처지에 무력감을 느낀 여자들이 침묵 속에 앉아 있었다. 시간이 느리게 흘렀고 분위기는 무거웠다.

그때 침묵을 깬 사람이 있었다. 62년생 순영 씨였다. 자기는 보수적인 사람이라서 그런지 요즘 젊은 사람들을 이해할 수 없다며 난데없이 진영 대결을 시작했다. 아들을 둔 엄마의 입장을 내세우며 자신은 그런 시어머니가 아닐 뿐더러 자기가 아는 사람 중에 그런 시어머니는 단 한 명도 못 봤다고 했다. 독서모임 구성원들이 소설을 지나치게 심각하게 받아들인다면서 오히려 이런 내용이 세대 격차를 조장한다고 말했다. 심지어 독서모임에서 읽을 책이 아니라는 말로 이 책을 선택한 나를 나무라기까지 했다. 무거웠던 분위기가 순식간에 얼어붙었다. 구성원들은 나와 순영 씨가 말싸움이라도 할까봐 불안해하는 것 같았다. 그럴 때 쓰는 말이 언감생심이다. 말싸움이라니. 싸움은커녕 분란을 만드는 사람을 당장 내보낼 수 없는 내 처지를 생각하며 조용히 슬퍼했을 뿐이다.

격앙된 분위기가 조금 가라앉았을 때 구성원 한 사람이 입을 열었다.

"오늘의 갈등이 독서모임에서조차 하고 싶은 말을 못하는 여자들이 사회에 나가 자신들이 하고 싶은 말을 하면 어떤 일이 생길지 예측할 수 있는 하나의 증거라고 생각해요. 인류의 반 이상을 차지하고 있음에도 날 때부터 소수자로, 차별과 혐오를 당연하게 여기며 살아온 사람들이 언제까지 목소리를 못 내고 지내야 하나요?"

그녀의 질문에 답하는 사람은 아무도 없었다. 나는 분위기를 조금 더 밝은 쪽으로 바꾸려고 말을 이어갔다.

"어떠한 인간도 다른 인간을 통제하고 존엄을 짓밟는 폭력을 행사할 수는 없어요. 우리가 하려는 이야기는 여성과 남성을 편 가르는 것도 아니고 보수와 진보를 따지는 일도 아니지요. 다만 우리 사회에서 모든 인간은 존중받고 평등해야 한다는 차별 금지의 정신을 말하는 거예요, 단지 그거예요."

독서모임의 젊은 피 S가 마지막을 근사하게 마무리
했다.

"안타깝지만 여자들을 지킬 수 있는 사람은 다름 아닌
여자들 자신밖에 없는 것 같아요. 그런 현실에서도 소수의
용기 있는 여자들은 꾸준히 목소리를 내고 있어요. 스스로
를 지킬 힘은 이 세상의 모든 김지영들이 자신의 목소리를
내면서 연대하고 행동하는 입에서 나오고 있어요. 느리지
만 좋은 방향으로 흘러가고 있는 것 같아요. 우리 함께 기
다려봐요."

S에게 나는 눈으로 고맙다는 말을 전했다.

마음으로 세상을 보는 어른이 되려면

독서모임에 참석하면서 어른의 역할에 대해 자주 생
각한다. 나라는 사람이 어른 역할을 연기하고 있는 건 아
닌지 염려된다. 정말이지 괜찮은 어른이 되고 싶다. 지금
보다 더 나이를 먹으면 나를 옥죄는 자의식의 경계가 무너
졌으면 하고 바란다. 적당히 멍청해지고 헐렁해지면 좋겠
다. 늘 보던 꽃인데 예전의 꽃이 아니고, 똑같은 노을인데

오늘의 노을은 더 붉게 보이는 그런 눈이 갖고 싶다. 그렇게 보려고 애쓰는 게 아니라 저절로 그렇게 보였으면 좋겠다. 시력으로 세상을 보는 게 아니라 마음으로 세상을 보면 좋겠다.

독서모임에 참여하면 실제로 말하는 시간보다 듣는 시간이 더 많다. 구성원이 열 명이라면 10분의 1만큼 자기 이야기를 하고 9만큼은 남의 이야기를 들어야 한다. 경청하는 시간을 어떻게 보내느냐 하는 것 역시 독서모임에서 중요한 일이다. 이야기를 빨리 끝내라고 재촉하거나 타인의 이야기를 판단하고 평가하면서 짜증스러워하는 사람이 있다. 62년생 순영 씨처럼 타인의 고통을 자기 일이 아니라고 외면하고 축소하는 사람도 있다. 어떤 사람은 남의 말을 자르면서 충고나 조언을 들이밀기도 한다. 어떤 사람이 독서모임의 분위기를 망친다는 이유로 무조건 밀어낼 게 아니라 왜 그런 반응을 보이는지 알아차리는 것도 독서모임에서 하는 공부라고 구성원들에게 자주 말하지만, 갈등은 비슷한 양상으로 반복된다.

독서모임에서 나는 말하기보다 듣는 사람이 되고 싶다. 읽은 책을 끌어다 대며 중언부언하고 싶지 않다. 글자에 매몰되기보다는 사람을 들여다보고 작은 것들을 소중히 여기는 사람이 되고 싶다. 그나저나 62년생 순영 씨는 그날 아무 말 없이 단톡방에서 나간 이후 지금까지 감감무소식이다.

당신을 만나서 나는 더 넓어지고

생각해 보면 독서모임이 나에게 가장 많이 알려준 것은 타인과 내가 완전히 다른 사람이라는 사실이다. 지난 7년 동안 사람 때문에 힘든 순간이 많았다. 그때마다 하소연할 데가 없어 혼자서 끙끙 앓았다. 나의 내향적인 성격을 탓하며 '더 힘들어지기 전에 그만할까? 나는 모임을 운영할 자질이 부족한 사람인가?' 하는 생각을 했다. 아무리 기를 써도 구성원 모두를 만족시키기는 어려웠다. 내 딴에는 최선을 다한 것 같아도 시간이 지나고 보면 나만의 생각이었을 뿐이었다. 그때마다 냉정하고 객관적인 태도를 유지하자고 결심했지만, 그것도 오래가지는 못했다.

지금이야 그 고민이 나를 단련시켰다는 걸 알지만 당시에는 심각할 정도의 고민거리였다. 그렇게 시간이 지나면서 나만의 기준이 생기기 시작했다. 그냥 그들의 이야기를 들어주자. 그들 자신도 몰랐던 자기 마음을 알아차릴 수 있도록 도와주자. 단순히 책을 읽으려고 오는 게 아니라 책을 통해 자신을 성찰하고 마음의 문제를 말하고 싶어서 온 사람이라는 걸 인식하자. 나는 지금도 독서모임이 열리는 아침이면 그 생각을 하면서 버스에 오른다.

오직 '나'뿐인 사람을 만났을 때

우리 독서모임 시간은 두 시간이다. 나는 그 두 시간을 애매한 시간이라고 생각한다. 한 사람에게 할당된 시간은 10분 남짓, 하고 싶은 말이 많은 사람에게는 짧은 시간이고 할 말이 없는 사람에게는 긴 시간이다. 독서모임 구성원이던 시절, 한마디도 못 하고 집으로 온 일이 여러 번 있었기에 구성원들에게 발언권을 골고루 주려고 신경을 많이 쓴다. 진행자 역할을 하면서 책에 관한 의견까지 말하려면 정신이 나가는데 거기다 시간 분배까지 하려면 이마에 송골송골 땀이 맺힌다. 시간을 혼자 잡아먹는 사람의 말을 어떻게 하면 기분 상하지 않게 끊고 부드럽게 다음 사람으로 이어 붙일 수 있을까. 이건 진행자로서 내 오랜 숙제였다.

그런데 어느 날부터인가 나는 C 여사를 원망하고 있었다. 그녀가 합류하고 나서 끊임없이 그녀를 위해 남모르게 애를 썼기 때문일 것이다. 독서모임 시간이면 C 여사의 나댐을 여덟 명이 지켜봐야 했다. 그녀는 요샛말로 혼자서 오디오를 독점했다. 말을 많이 하려다 보니 말실수도 자주 했는데 어떤 때는 대형사고 급이었다. 그런 날에는 책에 관한 얘기는커녕 사고를 수습하느라 정신이 나갔다. 자포자기의 심정이 되어 그녀의 말을 막지 않고 마음껏 휘젓게 놔두면 두 시간 동안 그야말로 활기찬 초토화 과정을 지켜보게 된다. C 여사는 사교적이고 유머러스하고 정열적이고 활동적인, 누가 뭐래도 장점이 많은 사람이었지만 이상하게 나는 그녀에게 기가 빨렸다.

생각나는 대로 말하고 누군가를 험담하는 C 여사의 질주를 막아야 했다. 비교적 자유롭게 독서모임을 이끌지만 내게도 경계하는 것이 있다. 타인에 관한 뒷담화, 떠도는 소문 전달하기, 타인을 평가하는 말 등이다. 이것만큼은 서로 조심하자고 말한다. 사사로운 이야기는 조금만 하고 책을 읽고 생각한 것만 얘기하자고 부드럽게 유도한다.

독서모임에서 책 위주로 대화하자고 하면 '그거야 당연한 거 아냐?'라고 반문하겠지만 그렇지 않다. 말 습관은 단번에 고치기가 어렵다.

모임을 이어가던 어느 날 이상한 분위기가 감돌았다. C 여사가 엉뚱하게 내 영역을 조금씩 침범하고 있었다. 내가 할 말을 대신하고 내가 할 일을 자기가 먼저 했다. 부득이하게 독서모임 날짜나 장소를 변경할 일이 생기면 나를 제쳐두고 본인이 정하려고 했다. 뭔가 달라진 분위기를 느낀 구성원들은 어리둥절했다. 몇몇 사람은 뭐가 어떻게 돌아가는지 확인하기 위해 개인적으로 연락을 해왔다. 그녀가 내게 스트레스를 주는 면이 있었지만 이런 일까지는 예상하지 못했다. 독서모임을 하면서 처음 겪는 일이기도 해서 어떻게 대처해야 할지 몰라 갈팡질팡했다.

사람이 주는 스트레스는 고작 2년이라는 말이 있다(고작이라고?). 2년이면 누구 한 사람은 떠나겠지, 하며 손 놓고 스트레스를 무작정 견딜 수는 없었다. 나는 최대한 조심스럽게 불편한 마음을 얘기했다. C 여사는 대번에 한 톤 올라간 목소리가 되어 그동안 참석했던 독서모임의 이름을 나열하고는 자기가 싫어서 나온 적은 있어도 독서모임 쪽에서 자기를 거부한 적은 없었다고 말했다.

"뭔가 오해가 있으신 것 같은데 독서모임에 참석하

지 말라는 게 아니라 다른 사람을 배려해달라는 뜻이에
요……."

이렇게 말하려는데 중간에 전화가 뚝 끊겼다. 오해는
풀어야겠다는 생각에 다시 전화를 걸까 하다가 그만뒀다.
솔직히 말하면 그녀를 다시 만날 자신이 없었다. 그녀도
이심전심이었는지 그 후로 모임에 나오지 않았다.

독서모임에 한두 번 참석하다가 그만두는 사람들이
있다. 들이는 시간에 비해 얻는 게 적다고 느껴서일 수도
있지만 자기애의 벽을 넘기 어려워서인 경우도 있다. 내
쪽에서 내미는 제안이나 제지를 수용하지 않는다. 자신이
옳고 우월하고 잘해왔다는 생각을 깨지 못해 모임에 발길
을 끊는다. 내게 "자기가 뭘 안다고?"라고 말하기도 하고
"이 나이에 거기까지 가서 싫은 소리를 들어야 하나"라고
도 말한다. 물론 그들도 수용할 수 있도록 좀 더 세심하게
모임을 진행하지 못한 내 부족함도 있다.

이렇게 예기치 않은 일이 생길 때마다 생각이 많아졌
다. 누가 시켜서 하는 일도 아니고 수익이 생기는 것도 아
닌데 심지어 누구도 책임감을 강요하지 않았는데 혼자 책
임감을 떠안으며 모임을 유지하는 게 맞는 일일까? 완벽
주의 성향의 나는 독서모임 안에서도 모든 게 완전하길 바

랐다. 구성원과의 관계, 토론의 분위기 등 모든 걸 최상의 컨디션으로 만들고 싶었다. 누구 한 사람이 우리의 분위기와 안 맞아서 떠나게 될 때마다 내가 잘못한 것처럼 어쩔 줄 몰라 했던 것도 지금 생각하면 과몰입이었다. 한 사람이 나간다고 해서 그게 운영자로서의 실패는 아니었는데 왜 모든 걸 끌어안으며 전전긍긍했는지 알다가도 모르겠다. 요즘도 가끔 진지함이 발동한다. 지나치다 싶으면 복식호흡을 하며 마음을 가라앉힌다.

아는 걸 자랑하지 않고

내가 책을 좋아해서인지 몰라도 책 읽는 사람치고 나쁜 사람은 없다고 믿었다. 책 한 권을 사서 읽는 것도 큰 결심이 필요한 요즘 세상에 몸을 움직여 독서모임에 나오는 사람이라면 분명 어딘가 통하는 데가 있을 뿐 아니라 여러 사람이 모이는 곳에서 차리는 예의 정도는 갖춘 사람일 거라 예상했다. 그 선입견은 독서모임을 시작하자 금방 깨졌다.

사람이 많이 모이는 곳이 으레 그렇듯 독서모임에도 이상한 사람은 있다. 이상한 사람이 빠지면 얼마 지나지 않아 더 이상한 사람이 그 자리를 채운다. 피치 못할 사정으로 구성원이 나가게 되면 기존의 구성원들에게 새 구성원을 받는 게 좋을지 아니면 이대로 이어갈지 의견을 묻는 편이다. 모두의 의견에 따라 새로 합류하게 된 사람은 은퇴한 교수님이었다. 그분은 책을 무척이나 좋아하고 자기가 아는 걸 자랑하고 싶어 하는 사람이었다. 지난 7년간 독서모임에서 그런 사람들을 꾸준히 마주친 걸 봐서는 독서와 모임을 무척 좋아하는 부류인 것은 확실하다. 나는 그 점이 재미있으면서 아이러니하다고 느낀다.

그런 사람들은 자신의 높은 학력을 자랑하며 '네가 모르는 걸 나는 알고 있다'라고 과시한다. 그러면 '당신이 아는 걸 여기 모인 사람들이 모를 확률이 얼마나 될 것 같아?'라고 말하고 싶지만, 꾹 참는다.

새롭게 만난 교수님은 자기가 읽은 건 무조건 진리로 여겼다. 어떤 작가도 자신이 쓴 책만이 진리라고 우기지 않는데 이분은 자기가 공부한 학문만 진리였다. 거기까지는 그렇다 치는데 남의 지식을 인정하지 않는다는 걸 꼭 육성으로 뱉어야 직성이 풀렸다. 그게 나를 환장하게 했다. 제발 혼자서 생각하지. 왜 저럴까. 다른 구성원들이 의견을 말할 때마다 "그게 아닌데, 그건 당신이 잘못 알고 있는 건데, 내가 학생들을 가르칠 때는……"이라는 사족을 달았다. 강의실에서 하는 강의로는 부족했는지 독서모임에만 오면 자기 뇌에 있는 지식을 꺼내려 했다.

이렇게 말하면 좀 과할지 모르지만 솔직히 그 교수님과 함께한 시간은 우리에게 재앙이었다. 교수님은 구성원들이 자기에게 집중해 주기를 바라고 자기를 특별한 사람으로 대해주기를 바랐다. 나는 쩔쩔매는 얼굴이 되어 말한다. 여기 있는 사람들은 다양한 사람의 생각이 궁금해서 모였지, 학생으로 온 게 아니라고. 그런 말을 하면 대뜸 짜증을 낸다. 그분은 책을 많이 읽었지만 읽은 책 위에 올라가 사람들을 내려다보는 걸 즐기는 사람이었다.

책은 지식을 찾는 도구가 아니라 털어내는 도구다. 이제까지 쌓은 지식을 더 견고히 만들어내려는 노력은 할 필요가 없다. 오히려 깨부수는 도끼가 되어야 한다. 아는 게 많다고 생각하면 새로운 지식은 찾아오지 않는다. 나는 두 시간의 독서모임이 끝나면 언제나 새가 되어 하늘에서 내려다보는 상상을 한다. 아래를 보면 인간들이 지어놓은 풍경이 얼마나 작고 미미한지 보인다. 마지막에는 늘 겸허라는 단어를 떠올린다.

눈물 많은 그녀

그녀는 모임 때마다 누구도 좋아하지 않는, 받으면 부담만 되는 선물을 가져왔다. 우리 아홉 명은 그녀의 무분별한 선물 공세에 점점 질리고 있었다. 게다가 그녀는 제대로 처리하지 않은 과거의 상처에 현재의 삶을 지배당하고 있었다. 그래서인지 책이 자신의 감정선을 건드리면 독서모임 내내 눈물을 흘렸고 그녀를 달래느라 구성원 몇몇은 진땀을 흘렸다. 책 이야기를 하지 못하고 눈물과 위로로 독서모임을 끝낸 적도 많았다. 안타깝게도 그녀는 누군가와 친해지기 위해 하는 자신의 노력이 평범하지 않다는 걸 몰랐고 같은 이유로 여러 모임에서 배제당했다는 것도 모르는 눈치였다.

누구보다 모임에 애착이 많은 나는 그녀가 없는 모임을 상상한 적이 많다. 어느 날 그녀가 "저는 아무래도 안 되겠어요"라는 말을 남기고 안 나오면 좋겠다고 생각했다는 걸 고백한다. 불편하다는 말은 하지 않지만, 얼굴로 불만을 표시하는 구성원들을 볼 때마다 대를 위해 소를 희생한다는 말을 떠올리기도 했다. 그러나 막상 그렇게 되었을 때 그녀가 느낄 소외감과 외로움을 모른 척할 자신은 더 없었다(죽일 놈의 우유부단함). 그녀가 우리 모임에서 일종의 구원을 바라고 있다는 걸 알았기에 모진 마음이 생기지 않았다.

몇 개월 동안 지켜본 그녀는 사람들에게 다가가기 위해 자신이 가진 능력 이상으로 노력하는 사람이었다. 문제는 그 노력이 상대에게 잘 전달되지 않는다는 점이었다. 이 세상에서 자기만 가장 아픈 삶을 살았다고 생각하고 자기만 사랑받지 못했고 자신의 불행이 가장 크다고 느끼는 것 같았다. 사실 그런 생각에 빠진 사람에게 필요한 게 독서모임이다. 그녀가 타인의 이야기를 들으며 자폐적 인식에서 벗어날 기회를 주려면 시간이 필요하다. 시간이 필요하기는 다른 구성원들도 마찬가지인데, 모두가 같은 마음으로 그녀의 변화를 기다려주는 일이 가능할까.

지난 몇 개월 동안 아이처럼 우는 사람을 달래느라 지쳐서인지 결단을 내려야 한다는 목소리가 나왔다. 언제 나와도 나올 말이었다. 나는 그녀를 제외한 여덟 명을 불러 모았다. P가 조심스럽게 말했다. "누구나 상황과 여건에 따라 민폐를 끼칠 수 있지 않을까요? 상대가 나를 어떤 시선으로 보느냐에 따라 평가가 달라질 수 있는 거니까요." 간절한 마음을 숨기고 나도 한마디 덧붙였다. "어떤 상황이라도 자신만은 절대 남에게 피해를 주지 않는다고 말하는 건 백화점에서 유행하는 똑같은 옷을 사 입고 내 옷은 다른 옷이라고 우기는 거와 비슷한 거 아닐까요?"

그녀에게 불편함을 느끼느니 차라리 냉정함을 택할
지, 아니면 공존을 위해 노력할지를 두고 두 시간을 고민
했다. 그리고 결국 그녀와 함께하는 쪽으로 의견이 모아졌
다. 나도 한때 나에게 우호적이지 않은 사람들 속에 둘러
싸여 외로움과 소외감을 느낀 적이 있다. 그때 내가 관계
맺었던 사람들은 나를 오해할 준비가 되어 있는 것처럼 보
여서 절망도 깊었다. 고통스러운 시간을 지나면서 인간관
계라는 게 인연이 아니라 의지라는 걸 깨달았다.

그날 집으로 가는 여덟 명의 등 뒤에서 혼자 말했다.

"그녀의 눈물이 그칠 때까지 기다리기로 한 건 정말
잘한 일인 것 같아요. 고맙습니다, 여러분."

나는 독서모임을 하면서 내가 얼마나 좁은 인식의 틀
에 갇혀 있었는지 알게 됐다. 성급한 일반화, 편견, 선입견
등으로 나만의 기준을 만들고 그것에 대한 확신만 붙잡고
살았다는 걸 깨달으면서 내 품이 조금씩 넓어지는 것 같아
다행스러웠다. 이야기를 나누다 보니 자기 생각의 오류를
자연스럽게 알게 됐다는 구성원도 있었고, 자기가 소중히
여겨온 삶의 가치가 잘못된 인식 위에 세워졌다는 깨달음
에 부끄러운 지난날이 떠올랐다는 구성원도 있었다. '나는

너와 달라', '그것만은 받아들일 수 없어, 내 사전에는 절대 그런 일은 없어' 등등 다양한 언어로 자기를 규정해놓고 그 틀에서 벗어나지 않으려고 안간힘을 써온 자기 모습을 독서모임의 구성원에게서 발견할 때 우리는 서로 마주 보고 웃게 되었다.

못 말리는 독서 편식쟁이들

텔레비전에서 오십여 년을 밥 대신 커피믹스를 마신 할아버지를 본 적이 있다. 커피믹스의 달콤한 맛과 향에 빠진 할아버지는 깡마르고 건강해 보이지 않으셨다. 밥은 안 드시고 왜 커피믹스만 드시는지 물으니, 커피를 많이 마시다 보니 언제부턴가 커피를 제외한 다른 음식의 맛을 못 느끼게 됐다고 하셨다. 할머니의 잔소리가 아무리 심해도 혀가 음식 맛을 느끼지 못하니까 커피를 끊을 수가 없으셨다고. 건강이 걱정된 방송국 사람들은 할아버지를 모시고 병원에 갔다. 우려했던 것과 달리 건강에는 이상이 없었다. 할아버지는 당신의 건강이 괜찮다는 사실이 기분 좋으셨는지 집에 도착하자마자 커피믹스를 또 한 사발 드셨다. 그야말로 할아버지는 지독한 편식쟁이였다. 할아버지처럼 오랜 기간 편식해도 이상이 없는 사람이 있는 걸 보면 건강이라는 건 역시 타고나는 건가 싶다.

편식은 안 한다. 특별히 좋아하는 음식도 없고 특별히 싫은 음식도 없다. 주면 주는 대로 먹고 꼭 먹어야 하는 음식도 없다. 먹을 게 없으면 굶기도 잘 한다. 음식은 단순히 허기를 채우기 위해 존재할 뿐 미식의 기쁨을 느끼지는 못한다. 미각은 무디고 음식을 대하는 태도는 무덤덤하다. 그러나 한쪽을 막으면 다른 쪽에서 터지는 게 진리인지 음식 쪽에서 사라진 감각이 책으로 옮겨간 것 같다. 나는 독서에 관한 한 분명히 편식쟁이다.

다른 애들이 모험 이야기나 위인전을 읽을 때 나는 여자의 이야기를 읽었다. 허클베리 핀이나 에디슨을 싫어하지는 않았지만, 여자 이야기보다는 별로였다. 여자 이야기를 좋아한 건 내가 여자이기 때문이기도 했겠지만 남의 이야기를 궁금해하는 조숙한 취향이 있었던 것 같다. 남의 삶이 궁금했다. 그렇다고 엄마에게 물어볼 수 없는 노릇이었다. 그런 걸 물으면 머리에 피도 안 마른 것이 그런 게 왜 궁금하냐며 그럴 시간이 있으면 공부나 하라고 하셨을

게 뻔하다. 그동안 방에 박혀 그런 책을 읽었던 거냐고 나무라셨을 거다.

　나는 어른에게 물어보기 힘든 어둡고 그늘지고 습한 지점에 대한 호기심이 넘쳤다. 또래들은 무섭다고 안 읽는 책을 읽었다. 책이란 어쩔 수 없이 읽는 나이를 뛰어넘기 힘들다고들 한다. 유치원생이 청소년 소설을 이해하기에는 한계가 있고 초등학생이 성인 소설을 읽기는 현실적으로 어렵다는 말이다. 그런데 나는 툭하면 그 단계들 사이를 넘어 다녔다. 이해가 안 되는 대목이 나오면 상상과 짐작으로 읽고 넘겼다.

　일찌감치 책으로 사랑을 배웠다. 아름다운 사랑, 슬픈 사랑, 불멸의 사랑, 끝없는 사랑, 이루어질 수 없는 사랑 등등. 중학생 때는 로맨스를 섭렵했다. 백마 탄 왕자와 가난한 하녀의 사랑, 재벌남과 비서의 사랑 이야기를 읽다가 19금 장면이 묘사되면 나도 모르게 얼굴이 빨개졌다. 한참 책에 빠졌던 이십 대에는 중학교 때 읽은 『테스』나 『여자의 일생』을 성인 버전으로 찾아 읽었다. 그렇게 읽으면서 배운 게 많다. 사랑은 한낱 신기루 같다는 둥 남자라는 족속은 믿으면 안 된다는 둥 무슨 대단한 비밀 얘기를 하는 것처럼 친구들에게 떠들어댔다.

요즘에는 자기계발서를 거의 안 읽는다. 30대 초반만 해도 씹어 먹었다고 표현할 정도로 읽었다. 지금은 예전 같은 재미를 느끼지 못한다. 고집불통 늙은이가 돼서 그런지 청력이 약해진 건지 '이거 해라, 저거 해라'는 식의 권유가 잘 안 들린다. 좋은 정보를 흡수하고 받아들일 기초 지식이 부족하다 보니 훌륭한 자기계발서와 점점 더 멀어지게 됐다. 얼마 전 도서관에 갔을 때 사서 큐레이팅을 구경하다가 성공을 이룬 누군가가 자기의 능력을 과감하게 말하는 책을 읽었는데 부러우면서도 한편으로는 덜컥 겁이 났다. 이 정도의 확신으로 책을 써도 괜찮은 건지 내가 쓴 책도 아니면서 왠지 조마조마했다. 책을 쓰면서부터 책을 대하는 마음이 많이 조심스러워졌구나, 싶었다.

우리 모임은 소설류나 인문학 책을 주로 읽는다. 소설을 좋아하는 사람 반 인문학과 철학을 좋아하는 사람이 반이다. 어떻게 보면 나처럼 책 편식쟁이들이다. 써놓고 보니 우리 독서모임에는 편식쟁이만 득실거린다는 소문이 나고 아무도 안 오면 어쩌나 싶지만 그러거나 말거나 어차피 빈자리가 없다.

소설을 싫어하는 사람한테서 소설을 싫어하게 된 이유를 들었었다. 소설을 읽으며 크게 실망한 적이 있다고 말했다. 몇 시간을 집중해서 읽었는데 끝이 허무했단다.

'그래서? 어쩌라고? 뭘 말하고 싶은 건데?' 싶고 뭔가 당한 느낌이 컸다는 거다. 소설은 끝까지 다 읽어야 내용을 알 수 있는데 그렇게 끝나버리면 갑자기 본전 생각이 나더라면서 책값도 아깝고 시간도 아까웠다고 했다. 자기가 읽은 소설은 대부분 허무하거나 감동이 없었다고 해서 좀 의아했다. 심지어 작가에 대한 분노가 치밀어 오른다고 말해서 깜짝 놀랐다. 소설이 그 정도라니, 소설을 좋아하는 나로서는 이 반응이 상당히 낯설었다. 그 사람은 소설의 긴 서사가 성질 급한 사람에게는 맞지 않는다고 했다.

잘은 몰라도 그는 소설의 영향력을 경험해 보지 못했을 가능성이 크다. 소설은 감정이입이 되면 그 감동이 오래가는데 감정이입 자체가 어렵다 보니 그에게는 현실과는 동떨어진, 말 그대로 소설 같은 이야기로만 느껴졌을 것이다.

소설의 맛을 아는 사람은 계속 소설을 읽고 그 맛을 모르는 사람은 계속해서 소설을 멀리한다. 밥도 편식하면 영양의 불균형이 오듯 독서도 마찬가지다. 두루 읽어야 한다. 편식하면 골고루 성장할 수 없다.

읽기 싫은 건 읽기 싫은 것

독서모임을 찾아오는 사람들에게는 다양하게 읽어야 한다는 압박이 있다. 입맛에 맞는 책만 읽는 습관을 고치려고 독서모임에 왔다고 말하기도 한다. 매정하게 들릴지 모르지만, 독서모임에 와도 편식은 잘 안 고쳐진다고 말한다. 독서모임을 이끄는 사람이 할 소리는 아니라고 생각되는지 그 말을 들은 사람들의 표정 변화가 재밌다.

독서모임으로 당장 독서 편식을 고칠 수 있다고 하면 거짓말이다. 읽기 싫은 분야는 읽기 싫은 것이다. 좋아하는 분야의 책도 태산같이 많은데 읽기 싫은 책까지 읽을 필요가 있을까. 결국 독서는 편식을 할 수밖에 없다는 게 독서모임을 하면서 내가 내린 결론이다. 그러나 세상에 안 되는 일은 없다. 그 어렵다는 독서 편식을 고친 구성원이 있다. 그야말로 불굴의 의지다. 독서모임에서 시켜서 고친 게 아니고 자신이 원해서 고친 거라는 게 중요하다. 누가 시키면 이상하게 더 안 고쳐진다. 결국 본인의 의지가 중요하다는 말이다.

독서 편식을 고친 구성원 E가 언젠가 자랑스럽게 자기의 방법을 말해줬다. 그녀는 늘 편향된 독서 취향이 신경이 쓰인다고 말했다. 책에 대한 욕심이 많은 편이라서 그런지 책을 완벽하게 소화하고 싶었는데, 책 하나를 읽고 나면 언제나 10%가 부족한 것 같았다나. 스토리와 캐릭터 중심으로 소설만 읽은 버릇 때문에 시대적 배경이나 사회적 지식이 부족하고 철학적 사고로 이어지지 못하다 보니 늘 표면적인 독서만 하는 기분이었다고 한다. 고민 끝에 최대한 시간을 내서 자기가 읽고 있는 소설과 연관이 있는 비문학 도서와 소설을 동시에 읽었다고 한다. 비문학은 기본 지식이 거의 없는 상태라서 읽는 속도가 매우 느렸고 지루했지만, 이번에는 정말 끝을 보자는 심정으로 매달렸다고 했다. 처음에는 비문학 한 장에 소설 열 장이었지만, 나중에는 두 가지 책 모두 재미있어지면서 저절로 속도가 붙었다고 한다. 그런 식의 책 읽기를 몇 번 하다 보니 지금은 소설을 읽으면서도 습관처럼 관련 도서를 찾아 읽는다고 했다. 그런데 자신의 이런 책 읽기에는 단점이 있으니 독서모임 회원들에게 꼭 전해달란다. 독서모임 회원들에게까지 전해야 할 단점이 뭔지 궁금했다. "단점이라고요? 그게 뭘까요?" 하고 물었더니 "돈이 너무 많이 들어요"라고 대답하면서 낄낄 웃는다.

독서 편식을 오래 하면 자연스럽게 관심이 다른 분야로 넘실거리기 시작한다는 걸 독서모임을 거듭하며 알았다. 좋아했던 분야가 좀 지겨워진다고나 할까. 함께 읽은 책이 어느 정도 쌓이면 그 말이 그 말이라는 생각이 들고 '우리도 저 정도는 생각할 수 있어'라는 자신감 같은 게 생긴다. 한 분야의 책을 읽고 또 읽어서 이젠 감흥이 신통치 않아지는 것이다. 이럴 때쯤 다른 분야가 눈에 보이기 시작한다. 그러면 구성원 한 사람이 조심스럽게 말한다. 우리 이번에는 다른 분야에 눈을 돌려볼까요? 독서 편식은 이렇게 자연스럽게 깨진다. 그동안 읽은 책으로 독서력이 늘어서 다른 분야의 책도 읽을 수 있게 되는 원리다.

나 역시 골치 아픈 철학서와 고리타분한 역사서, 왜 읽는지 모르겠는 자기계발서 같은 책은 완전히 등지고 평생 소설만 읽을 수 있을 것 같았다. 그런데 그것도 질리는 날이 오더라. 소설에 대한 관심이 줄어들면서 어느 날부터 인문학 책에 꽂혔다.

독서 편식이라는 말은 사라져도 된다. 그건 책을 많이 안 읽은 사람들에게 어울리는 말이다. 그리고 편식해도 된다. 같은 음식을 먹다 보면 언젠가 물리는 것처럼, 같은 분야의 책을 계속 읽으면 질려서라도 편식에서 벗어나게 된다. 보기만 해도 신물이 올라오면 다른 거 먹어야지 별수 있나. 안 읽는 것보다 차라리 편식하는 게 낫다. 질릴 때까지 편식하자. 사람마다 자기만의 소화 시간이 필요할 뿐이다.

물론 커피믹스 할아버지처럼 죽을 때까지 한 음식만 먹는 사람도 있다. 그건 운명이니 어쩔 수 없다.

책이 아닌 것에서 배운다

믿기지 않겠지만 갈등이나 고통 없이 평탄하게 살아가는 사람들이 있다. 그들은 비싼 옷을 입고 고급스러운 음식을 먹으며 해외로 여행도 자주 간다. 그들에게는 해결이 안 되는 골치 아픈 일은 없어 보인다. 심심해 보일 정도로 평온한 얼굴을 보면 배가 살살 아파오면서 인생이라는 게 이렇게 불공평하구나 싶다. 나 같은 가난뱅이는 그런 부류들과 마주칠 일이 거의 없다고 생각했는데, 의외로 그들은 독서모임에 자주 나타난다.

명문대를 졸업하고 유학을 다녀왔다고 자신을 소개한 P가 신입 구성원으로 왔다. 세상사의 방향을 지시하고 만들어갈 의무가 있다고 생각하는 일종의 엘리트 의식이 강해 보인다는 게 몇 번의 모임에서 받은 인상이었다. 자신만만한 말투와 당당한 태도, 자기가 하는 말에 확신이 강하게 묻어나는 건 멋있어 보이기도 했다. 그런데 그렇게 자의식 충만한 그녀도 바보 천치가 되는 순간이 있었으니 바로 아들 자랑을 할 때다.

책에 관한 이야기를 할 때면 말끝마다 '우리 아들이 그러는데, 우리 아들이 하는 말이, 우리 아들이 그건 아니라고 하던데'를 읊어댔다. 그녀의 아들을 만난 적이 없지만 천 번쯤 만난 것 같다고, 그 자리에 있던 구성원들이 한결같이 말했다. 나 또한 안 읽은 책이 없다는 그 아들을 꼭 만나보고 싶었다.

그날은 제목은 같지만, 출판사가 다른 책 두 권을 동시에 읽고 번역을 비교하며 토론하는 중이었다. 누구는 김○○ 번역가가 좋다. 누구는 박○○ 번역가의 번역이 더 좋다. 한참 열띤 토론이 오가는데 그녀가 또 눈치 없이 끼어들었다. 자기가 이 책을 읽기 시작할 때 아들에게 번역을 부탁했는데 짧은 시간에 번역이 끝났다는 것이다. 자기가 읽어 보니 아들이 작업한 게 훨씬 좋았다며 이참에 번역가를 시킬까 싶다며 멋쩍게 웃더니 "그래도 법 공부가 낫지……" 하고 말을 바꿨다.

어느 순간 질문 하나가 나를 끝없이 괴롭힌다. 물어보라고! 왜 가만히 있어? 어떤 책을 읽고 사람이 이 지경이 됐는지 좀 물어보라니까! 내 안의 악마가 질문을 하라고 자꾸만 부추겼다.

"P님! 책을 읽기 시작한 지 오래됐다고 하셨죠? 아들을 책으로 키우셨다고도 말씀하셨잖아요? 아들을 그렇게 잘 키우신 특별한 비결이 있으실까요?"

그녀의 말은 이랬다. 아들을 임신했을 때 어지간한 육아서는 거의 통달했고 아들이 네 살이 되면서부터 책으로만 교육했다고 한다. 아이가 똑똑해서 그런지 영어도 어떤 유명한 책이 알려주는 대로 했더니 2년 만에 원어민과 대화할 만큼의 실력이 되었다고 했다. 무슨 무슨 교육법이라는 제목만 보이면 하나도 빠짐없이 사서 읽었단다. 책을 읽고 꽂힌 내용이 있으면 반드시 자신의 삶은 물론 아들의 육아에도 적용했다고 한다. 엄마의 계획대로 잘 따라준 아들은 좋은 결과를 줄줄이 내놓은 모양이었다. 자기는 그때부터 책을 완전히 믿게 되었고, 그러다 보니 자신의 육아법에 자부심이 생겼고 누가 뭐래도 흔들리지 않고 자기만의 교육법을 고수한 것이 자기가 세상에 태어나 가장 잘한 일이라고 말했다.

듣고 보면 틀린 말이 하나도 없고 그녀의 아들은 수재가 맞고 그녀의 교육은 어떤 면에서는 훌륭한 점도 있다. 심지어 독서모임의 몇몇 사람은 내심 부러운 눈치였다. 그러나 나는 왠지 심통이 나고 그녀의 교육법을 인정하기 싫었다. 그 이유는 아무래도 그녀가 독서모임에 자꾸 아들을 데리고 오기 때문인 것 같다. 무엇보다 그녀를 보고 있으면 어떤 질문만 머릿속에 뱅뱅 돌았다. 왜 이렇게 다른 사람의 말은 듣지 않는 사람이 되었을까? 책이 하는 말만 듣다 보니 이렇게 된 것일까?

모르긴 몰라도 자기가 바라는 대로 잘 자란 아들이 그녀의 업적이 되었을 것이다. 명문 법대를 간 아들을 보며 자기는 성공한 인생이라고, 자기가 읽고 자기가 경험하고 자기가 키운 아들이 인생의 전부가 되면서 아예 남을 살피지 않는 사람이 됐는지도 모른다.

법만 30년 공부하면 법 꼰대, 논어만 30년 공부하면 논어 꼰대가 된다는 말이 있다. 말하자면 그녀는 육아서와 교육법을 알려주는 책만 읽다가 아들 꼰대가 된 것이다. 다양한 공부를 해야 꼰대가 되는 걸 피할 수 있는데 그걸 못한 것이다. 여기서 드는 의문 하나, 남의 말은 아예 듣지도 않으면서 왜 독서모임에 꼬박꼬박 나오는가 하는 것이다. 짐작하는 바가 있긴 하지만 여기다 쓰지는 못하겠다.

어쨌건 사정이 이러하니 우리 여덟 명은 어쩔 수 없이 침묵을 방어기제로 삼았다. 그녀에 대한 실망을 표출하지 않으려고, 입을 열면 어떤 괴물이 튀어나올지 몰라 침묵 속에 머물렀다. 말하지 않는다고 표현하지 않는 건 아닌데 그녀는 우리의 침묵도 알아차리지 못하고 여전히 아들 이야기를 한다. 나는 그녀가 적어도 독서모임에서는 아들 이야기를 자제해야지…… 하고 깨닫는 순간이 빨리 찾아오기를 바란다. 그러려면 자신에게 질문해야 할 텐데. '내가 독서모임에서 기승전 아들 이야기만 하는 이유는 뭘까?' 하고.

나는 때때로 인생은 좌절하는 과정이면서 다른 사람들의 기를 꺾는 과정이라고 생각하곤 한다. 못된 구석이 있어서 그런지 독서모임에서 그녀 같은 지식인을 만나면 저 사람의 기를 어떻게 꺾어줄까 하는 생각이 슬그머니 고개를 드는데 그 역시 꼰대 짓이라는 걸 깨닫고 화들짝 놀란다. 이렇듯 독서모임에 오면 책에서 배움을 얻는 것보다 책이 아닌 것에서 배우는 게 더 많다.

그녀의 첫인상에 대해 말하자면 '과시적인 비주얼의 소유자'였다. 두 개도 아니고 딱 하나의 브랜드로 온몸을 체크로 휘감은 채 여덟 개의 치아를 보이며 웃었다. 무리하게 목소리를 높였고 괜히 손뼉을 치거나 웃기지 않은 이야기에 과도하게 반응하며 주위를 떠들썩하게 만들었다. 적절한 때가 아닌데도 이리저리 구도를 잡고 사진을 찍었다. 독서모임에 온 걸 기념하고 싶은 사람처럼 보이기도 했고 이곳이 과시와 과잉이 필요한 자리라고 여기는 것도 같았다.

나는 그녀의 호들갑이 싫지는 않았다. 살다 보면 누구나 그럴 때가 있으니까. 그렇게 과장되게 굴어야 재미없는 세상을 재미있게 살아갈 수 있을 것 같은 기분을 나도 좀 안다. 어쩌면 내가 정반대의 유형이라서 더 잘 이해하는 부분이 있는지도 모르겠다.

그래도 가끔 그런 모습이 못내 신경 쓰일 때면 예전의 인연 하나를 떠올리곤 한다. 당신에게 배운 게 많다고 고맙다는 말을 꼭 전하고 싶었는데 그동안 용기도 없었고 우물쭈물하다가 몇 번의 기회를 놓쳤다. 이 글이 그녀에게 전하는 최초의 감사인 것 같다. 그녀는 모임을 이끌어가는 진행자였다. 사람을 대하는 태도가 얼마나 다정하고 정중한지 처음에는 믿기 힘들 정도였다. 요즘 젊은 사람 중에 이런 사람이 있다고? 어느 정도 시간이 흐르면 진짜 모습을 보일 거라고 지켜보자는 마음도 있었다.

당시만 해도 비뚤어진 사고방식과 편견이 심하던 때라 사람을 쉬이 믿지 않았다. 특히 어린 시절에 겪은 가난과 차별로 피해 의식이 좀 있었다. 그러다 보니 나도 모르게 스스로 마이너의 자리를 찾는 사람이 되었다. 자신감이 없어서 어떤 제의가 들어와도 내가 먼저 거절했다. 어떤 선택과 결정 앞에서 나 같은 사람의 의견이 무슨 의미가 있을까 생각하게 됐다. 그러면서도 나 역시 누군가의 열등감 섞인 넋두리를 들을 때면 남의 일인 듯 참 못났다고 속으로 욕했다. 누구를 만나든 우열을 가리기에 바빴고 나를 괴롭히던 차별은 어느새 몸속 곳곳에 세포처럼 박혀 타인에게 그 잣대를 들이댔다. 아마 독서모임에서도 나는 그런 지질한 모습으로 비쳐졌을 것이다.

내가 그렇게 어른이 되는 동안 나이도 한참 어린 K는 너무나 잘 자란 모양이었다. 그녀의 말에 의하면 자랑이 위험하다는 것을 초등학교 3학년 때 알았다고 한다. 한 사람이 내보이는 자랑질은 다른 사람들에게 결핍감을 선사하고 결핍감은 즉각 그들 내면에 억압된 시기심을 만든다는 것을. 자랑, 박탈감, 시기심, 분노, 공격으로 이어지는 메커니즘이 얼마나 빈틈없이 작동하는지 일상에서 목격할 때마다 자기가 믿는 하나님께 기도했다고 한다.

"하나님, 누군가에게 시기심을 심는 말과 행동은 하지 않게 해주세요. 함부로 자랑하지 않게 해주세요, 그게 어려우시면 아예 자랑할 게 없는 사람으로 살게 해주세요."

겨우 열 살짜리 아이가 이런 기도를 했다는 것이다. 세상에나.

K는 훌륭하게 자라 훗날 독서모임을 이끌었다. 독서모임의 누군가가 다른 누군가를 시기하는 일이 생겼을 때 K가 보여준 모습은 그야말로 감동이었다. 그녀는 누군가를 시기하는 사람에게 조용히 다가가서 그가 가진 좋은 점을 끝없이 말해줬다. 당신에게도 좋은 점이 이렇게 많으니 그것에 집중하고 감사하라고, 시기하는 대상에게 배울 점도 많다며 어떤 점을 배워야 할지 자세히 알려줬다. 남들의 시기를 받는 사람이 가진 덕목이 그 사람의 실력과 노력으로 얻은 거라는 사실을 받아들여야 한다는 것까지 알려주었다. 그뿐 아니라 시기의 대상이 되어 어리둥절하고 억울한 사람에게도 나름의 해결법을 알려줬다. 외부의 시기심과 공격에 맞닥뜨리더라도 자신의 선함과 아름다움을 놓치지 않아야 한다고.

K의 현명함은 오랜 내면 성찰에서 나온 것이겠지만 그렇다고 하더라도 놀라운 모습이었다. 그때 그녀가 보여준 모습은 나의 뇌리에 깊게 박혀 있다. 언젠가 내가 독서모임을 만들게 되면 꼭 참고하리라 다짐했었다. 세월이 흐르고 독서모임을 이끌다 보니 비슷한 상황이 몇 번 생겼다. 그때마다 나는 그녀의 지혜를 떠올리며 해결하지만, 그녀처럼 멋진 결말을 만들지는 못한다.

좋은 대화, 좋은 토론에 대하여

어느 날 독서모임에 외국에서 오래 살았던 구성원이 들어왔다. 그녀의 합류를 지켜보며 그녀가 서툰 한국어를 어떻게 극복할지, 전형적인 교포 발음을 다른 구성원이 잘 알아들을 수 있을지를 걱정했다. 그런데 막상 뚜껑을 열어보니 걱정거리는 다른 데 있었다. 그녀의 말을 그대로 옮겨 적자면 우리 독서모임에는 "토론할 만한 사람이 한 사람도 없다"는 것이다. 아무래도 평가가 조금 박하게 들려서 그런 생각을 한 이유를 자세히 말해달라고 부탁했다.

독서모임을 처음 찾을 때는 그저 토론 문화가 좀 다를

줄로만 생각했다고 했다. 그런데 막상 독서모임에 참여하고 보니 한국인에게는 아예 토론이라는 개념 자체가 없더라는 것이다. 나는 그 말에 괜스레 얼굴이 붉어졌고 무슨 말을 해야 할지 몰라 당황했다. 짐짓 아무렇지도 않은 척 어떤 점이 불편하고 힘드냐 물으니 일단 분위기가 지나치게 딱딱해서 무섭다고 했다. 우리가 딱딱하다고? 서재가 있는 호수는 다른 어떤 독서모임보다 분위기가 느슨하고 명랑한데? 절대 인정 못 해!

두 번째로 이상한 점은 토론 문화가 익숙한 환경에서 자란 그녀가 보기에 위아래가(그녀의 표현으로는 책 이야기를 할 때도 어른에게 존경을 표해야 할 것 같다나?) 지나치게 분명하다는 것이다. 나는 그녀를 이해시키려고 노력했다. 한국에 사는 우리는 많이 달라졌다고 느끼는데 밖에서 보기엔 여전히 그렇게 보이나 봐요…… 하며 한국 사람들은 아무리 좋은 의견이라도 상사나 윗사람 앞에서 거침없이 드러내는 건 아직 좀 조심하는 분위기라고 설명했다. 이렇게 말하고 보니 나이가 어린 것처럼 느껴질 수 있는데 그녀의 나이는 마흔넷이었다. 단순히 세대 차이가 불편하다면 조금 더 젊은 구성원이 있는 독서모임으로 옮기라는 조언을 해주겠지만 그 정도로 어리다고는 할 수 없는 나이였다. 우리 구성원들에게 잘 설명하면 지금 느끼는 불편함은 얼마든지 풀어줄 수 있다는 것을 성의껏 말해주었다.

그동안 혼자서 힘들었는지 그녀는 심각한 표정을 풀지 않고 말을 이어갔다. "사람들이 상대의 말을 끝까지 듣지 않아요." 그 점 또한 수긍이 안 돼서 "우리 독서모임에서 그랬다고요?" 하고 물으니 "네. 많이는 아니지만 몇몇 사람이 말을 컷!해요"라고 대답했다. 어떤 일을 처리하기 위해서 한국인과 이야기하면 자기 말이 끝나기도 전에 상대방은 벌써 행동을 시작한다고 한다. 독서모임에서는 그런 일이 없을 줄 알았는데 여기도 그런 사람이 있어서 실망했다는 것이다.

한국인을 옹호하려고 하는 말이 아니라 성격이 급한 면이 있다고, 우리는 상대방에게 질문을 함으로써 문제를 해결하는 방법을 배운 적이 없다고, 그래서 가끔 손해 보는 일도 있다고 설명했다. 그녀의 이야기를 가만히 들어보니 한국에 와서 여러 가지 불편함을 느낀 모양이었다. 그동안의 불편함과 부적응이 아무래도 우리 독서모임에서 터진 것 같았다.

자기가 하는 말이 이해가 안 되면 큰소리가 나오는 것도 화가 나고, 구성원 가운데 누구를 지목하면서 자기를 어린애 대하듯 옥박지른다고 했다. 그 말을 듣자 내 마음에 동요가 일었다. 내가 느끼기에는 한 번도 그런 일이 없었는데 이상했다. 곰곰이 생각해 보니 그녀가 느끼기에는 불편하고 토종 한국인인 내게는 자연스러울 수도 있는 일이었다. 그런 쪽으로 생각이 미치자 그동안 느꼈을 서운함이나 속상함이 더욱 와닿았다. 나는 그녀에게 구성원 대신 사과하면서 변명 아닌 변명을 했다. 토론 중 큰 목소리가 나오기도 하는 건 본인의 논리나 근거가 부족할 때 본능적으로 방어적 반응이 작용하기 때문일 수도 있으니 무조건 기분 나쁘게만 받아들이지 말아달라고, 또 지금껏 상대의 말을 잘 들어주는 태도를 한 번도 취해본 적 없는 한국 사람도 있다고 설명했다. 그녀에게 이런저런 설명을 해주고 헤어진 뒤 나는 한참 동안 생각에 빠졌다.

우리 독서모임의 구성원 한 사람 한 사람의 얼굴을 떠올리며 생각해 보니 나를 포함한 우리는 평생 토론이라는 걸 해본 적 없는 사람이었다. 그나마 독서모임이라는 곳에 왔기 때문에 자기 생각을 말하기 시작한 것이다. 처음 독서모임을 시작할 때만 해도 자신이 여러 사람 앞에서 의견을 말할 줄 아는 게 스스로 대견하다며 눈물을 글썽거리는 사람이 있을 정도였다. 어떤 사람은 익살스러운 표정을 지으며 자신은 친구들과의 수다 외에는 말다운 말을 해본 기억이 없다고도 했었다. 그 말을 듣고 어떤 사람은 "맞아, 나도 여기 오기 전에는 입만 열면 불평과 불만뿐이었지"

하고 말했다. 그런 말을 들으면 독서모임을 하는 보람을 느낀다. 난생처음 독서 토론을 한 어떤 사람은 인생의 변화는 독서모임을 시작한 마흔 살부터였다며 서재가 있는 호수에서 이 년을 보내고 본인이 이끄는 독서모임을 시작했다.

내가 처음 독서모임을 시작한 7년 전에는 자기와 맞는 독서모임을 찾으려면 꽤 많은 품을 들여야 했다. 요즘은 주변을 조금만 둘러봐도 독서모임 찾는 게 그리 어렵지 않다. 이렇게 토론 문화가 만들어지고 토론하는 사람들이 늘어나는 건 긍정적인 변화라고 생각한다. 이런 변화가 더욱 활발해지면 적어도 사람들끼리 소통이 안 된다며 싸움하는 일은 없을 것 같다. 다른 사람의 이야기를 들으면서 사고하는 법을 연습하고 서로의 의견을 존중하다 보면 작은 갈등 정도는 금방 사라지게 될지 누가 알까. 나는 가끔 토론이 갖는 사회적 의미에 대해 생각해 보곤 한다. 대단한 일은 아니지만 독서모임에서의 토론이 성숙한 사회가 되는 데 미약하나마 도움이 되면 좋겠다.

꾸준히 읽는 사람은 쓰게 된다

생활고에서 잠시라도 벗어나려고 책을 읽은 적이 많다. 책의 세계로 몰입한 순간만큼은 현실에서 나를 완벽히 떼어놓을 수 있었다. 내가 현실에서 벗어나려 애쓴 게 아니라 책이 애쓴 것이다. 요즘에는 한 달에 스무 권 정도 읽는다. 더 많이 읽기도 했지만 지금은 그 정도에서 멈춘다. 많이 읽으면 밀도가 낮은 독서를 하게 되거나 허튼 책을 고르게 된다.

책으로 만들어진 글자는 대체로 영리하고 신중했다. 마음을 두드리는 글을 읽으며 작은 깨우침을 쌓으니 잃어버린 줄도 몰랐던 마음이 나도 모르는 사이 되돌아오는 게 느껴졌다. 내가 책을 읽는 이유가 이거였구나 싶었다. 그렇게 읽다 보니 나를 죽어라 따라오는 이야기들이 생겼다. 그 이야기를 하고 싶어서 사람을 불러 모았다.

7년 전 첫 번째 독서모임이 끝나고 다짐했었다. 적어도 책 속에서 책 바깥을 향해 시답잖은 걸 말하려고 안달난 사람은 되지 말아야지, 하지만 함께 읽는 사람들이 필요하다는 정보는 빠짐없이 알려주고 궁금하다는 질문은 빼놓지 않고 대답해줘야지, 하고.

책 좀 읽는 사람들은 책을 읽은 후 어느 정도 시간이 지나면 뭘 읽었는지 전혀 기억나지 않는다는 걸 알게 된다. 기억이 나지 않을 때 나는 독서 노트를 꺼낸다. 그러면 기억이 새롭게 떠오르기도 하고 이런 좋은 글이 있었나 싶다. 어떤 내용은 완전히 처음 보는 것 같기도 하다. 기억력이 없는 편이라 그런지 독서 노트를 쓰지 않으면 완전히 내 것으로 만들기 힘들다. 내가 독서 노트를 쓴다는 걸 아는 참여자들은 하나같이 비슷한 말을 한다. 아니, 책 한 권 읽는 것도 힘들어 죽겠는데 무슨 독서 노트까지 쓰냐고. 독서 노트를 쓰는 건 어디까지나 개인의 선택이니 다른 사람에게 강요하지 않는다. 그러나 밑줄 그어놓은 문장을 베껴 쓰면서 재탕하면 책을 두 번 읽는 효과가 난다는 건 말해준다. 나도 처음에는 베껴 쓰기만 했다. 그러다가 필사 노트에 내 생각을 추가했다. 그런 식으로 읽고 쓰면 글쓰기 실력이 조금씩 는다.

독서 노트가 한 권 한 권 쌓이는 가운데 독서의 깊이와 넓이가 생긴다. 시간이 지날수록 덧붙는 내용이 길어진다. 자연스럽게 한 꼭지의 글이 완성되고 그 꼭지들을 묶으면 책으로 출간할 수도 있겠다는 생각이 든다. 그쯤 되면 누구나 야심이란 게 고개를 드는 건지, 녹음기를 틀어놓은 것처럼 똑같은 말을 한다.

"이러다가 나도 작가가 되겠는걸?"

독서 노트를 쓰는 사람들을 지켜보면서 그들 모두가 글로 자신을 표현하길 원한다는 걸 알게 됐다. 글을 읽는 사람이 누구든 상관없고, 아무도 읽지 않아도 좋다고 생각한다. 그저 글을 쓰는 순간의 경험이 그들에게는 의미다. 글쓰기는 말하기와 완전히 다른 영역이다. 둘은 몰입 상태나 마음의 깊이에서 차이가 있다. 말을 할 때는 의식의 표면에 머물러도 얼마든지 소통이 가능하다. 하지만 글을 쓸 때는 의식의 최저층에서 출발한다. 쓰면 쓸수록 더 깊이 내려가는 작업이다. 경험이 의식을 거쳐 의미가 된 다음에야 글로 표현될 수 있다.

논리를 전개할 때만이 아니라 감정을 표현할 때도 경

험한 것에 대해 최소한의 의미를 확보해야 글로 표현할 수 있다. 글을 쓴다는 것은 경험을 의식화하는 일이며 삶을 더 깊이 아는 일이다. 무엇보다 경험 속에서 자기만의 지혜를 쌓아가는 일이다. 독서모임을 하면서 스스로 깨달은 것이 있다면 목록으로 만들어두는 것이 좋다. 책에서 읽은 지식 말고, 모임에서 들은 지혜 말고, 스스로 알아차린 자기만의 통찰이 생겼다는 걸 목록을 통해 확인하는 기쁨이 크다.

모임을 하면 실제로 구성원들의 이야기를 들으며 뭔가를 열심히 적는 사람들이 있다. 그들은 타인의 이야기를 적는 게 아니라 그 이야기에 자극을 받아 내면에서 솟구치는 자기 감정이나 기억을 적는다. 혼자 있을 때는 잘 알지 못했던 세상과 모호했던 기억의 의미가 타인의 이야기를 듣는 동안 선명해지고 뚜렷하게 보이는 경험을 기록하는 것이다.

멈추지 말고 매일 조금씩

어떻게 하면 글을 잘 쓸 수 있냐는 질문은 독서모임 구성원들의 공통 질문이다. 그때마다 나는 책을 읽다 보면 저절로 그렇게 된다는 뻔한 대답을 한다. 독서모임 사람들은 잘 쓰고 싶어서 좀이 쑤시는 모양이다. 나는 그들 중 가장 앞줄에 섰던 사람이다. 글쓰기를 책으로 배웠다고 해도 과언이 아니다. 글쓰기 책은 안 읽은 것이 없을 정도였다. 글쓰기에 관한 책은 그만 읽어야겠다고 생각했지만, '쓰기'라는 단어가 들어가는 책을 발견하면 나도 모르게 집어 가방에 넣는다. 다른 사람의 쓰기에 관해선 지겹도록 들었다.

어느 날부터는 그 사람들이 해준 말 중 가장 적당한 조언을 추려 정리한 후 내게 적용하는 일에만 집중했다. 글줄깨나 쓴다는 사람들은 하나같이 꾸준히 써야 한다고 말한다. 일단 백지 앞에 앉으면 눈앞이 캄캄해도 엉덩이에 자석을 붙인 것처럼, 어떻게든 백지를 채우라고 했다. 그 글이 산으로 가든 글자들이 꼬이든 말든 써야 한다고 했다. 그렇게 일단 짧은 글이라도 완성되면 그다음에 고치고 다듬으면 읽을 만한 글이 된다고 했다. 물론 순진하게 그 조언을 다 믿는 건 아니다.

쓰는 데 진심인 다른 사람들처럼 나도 재미있는 글을 잘 쓰고 싶다. 진실로 진실로 내가 바라는 바다. 지금도 글을 쓰지만, 솔직히 모르겠다. 그저 내 얘기를 계속 쓰는 것 정도가 글쓰기를 위해 할 수 있는 일 아닌가 싶다. 그중 어떤 얘기는 좋은 글이 될 것이고 어떤 얘기는 시시한 글이될 것이다. 그건 쓰는 이가 의도한다고 되는 일이 아닌 것같다. 열심히 쓰다 보면 언젠가는 이야기를 잘 전달할 가능성이 높아질 것이다.

우리 독서모임 사람들은 거의 모두 글을 쓴다. 안 쓰던 사람도 독서모임을 하고부터는 읽은 책에 대한 기록을시작한다. 나도 그랬지만 처음부터 글을 잘 쓰지는 못한다. 글쓰기 실력은 느리게 성장한다. 오래 쓰면 잘 쓰게 된다고 장담은 못 하지만 쓰는 게 쉬워진다는 말은 할 수 있다. 멈추지 말고 매일 조금씩만 하면 된다. 그렇게 딱 1년을 하고 멈춰서 1년 전의 글을 찾아 읽어보면 지금 글이그때보다 좋아진 걸 알고 깜짝 놀라게 된다.

언젠가 어떤 자리에서 작가라는 사람들의 머리에 얹힌 왕관이 벗겨질 날이 올 거라고 말한 적이 있다. 그 말그대로 지금은 쓰는 사람과 읽는 사람의 경계가 무너지고있다. 누구라도 글을 쓸 수 있는 시대가 온 것이다. 쓰는사람은 좌절의 시간을 견디며 숨기고 싶은 비밀을 말할 수있는 용기를 키워온 사람들이다. 그들은 주머니에서 희망같은 걸 슬그머니 꺼내 보여준다. 잘 쓰든 못 쓰든 자기의글이 누군가에게 손톱만한 희망을 줄 수 있다면 그것만으

로도 대단한 일이다. 그럴 수 있으려면 참 많이 깊어져야
한다. 그러기 위해 우선은 같이 읽고 볼 일이다.

3장

나도 몰랐던
내가 책갈피 속에 숨어 있다가

내가 언제?
억울함을 호소하려던 찰나 물건을 살 때마다
발동됐던 자기합리화와 불안정한 내면과
부족한 자존감까지 꺼내서 보여준다.
'이게 바로 너'라고 눈앞에 들이민다.
그제야 정신이 번쩍 든다.

쓸모없음으로 내가 되는 일

－『필경사 바틀비』 허먼 멜빌 －

작가님의 인생은 어땠나요? 젊은이들에게 자주 받는 질문이다. 나는 대답 대신 내 인생을 영상으로 만들어 보여주고 싶다. '인생이 이렇게까지 꼬인다고?' 하며 찜찜한 기분을 느낄지도 모르겠다. 솔직히 말해서 내 인생은 내가 어쩔 수 없는 것이 분명히 있었다. 삶에는 어느 정도 계획이 필요하다는 말에 동의하지만, 계획을 세워도 계획대로 되는 건 많지 않았다. 순간적으로 번뜩인 생각과 충동적인 선택이 마치 악마가 장난을 치는 것처럼 내가 가려는 길을 조금씩 비트는 것 같았다. 마음과 행동이 언제 어디서 흔들릴지 모르니까 예측조차 할 수 없었다. 예측이 현실과

100% 맞아떨어진다는 건 애당초 불가능했다.

　나는 어느 순간 속으로 이렇게 외치고야 말았다. '아, 망했다. 인생이 연극이라면 얼마나 좋을까. 그렇다면 미련도 고민도 없이 이쯤에서 끝낼 텐데.' 그러나 어쩌겠나. 바틀비 흉내를 내며 "이따위 인생 안 사는 편을 선택하겠다"라고 말할 용기가 없는데. 그래서 하는 수 없이 삶이라는 놈에게 끌려다니며 살았다. 그건 처음 자전거를 배우던 어린 시절의 기억과 비슷했다. 딱 넘어지기 직전의 기분이다. 아, 이거 넘어지겠는데, 팔꿈치가 쓸리고 무릎이 깨질 일이 서서히 다가온다는 예감. 자전거의 위태로운 흔들림 속에서 할 수 있는 거라곤 어… 하는 외마디 비명 외에 아무것도 없다는 것을 알면서 그저 바람이 뺨에 와닿은 것을 느끼는 것. 그게 내가 경험한 삶이었다.

　직장 동료 중 인생이 매끈해 보이는 사람이 있었다. 성격 또한 호탕해서 천성이 저런가 싶었다. 나와는 다르게 직장 생활이 편해 보였다. 오늘 관둘까, 내일 관둘까만 생각하는 내가 보기에 그녀는 '직장의 신' 같았다. 어느 날 그 비결을 물어본 적이 있다. 그녀가 피식 웃으며 대답했다.

　내가 그래 보인다고? 난 부지런하게 사는 방법밖에 몰

라. 그래야 행복해진다고 배웠어. 그래서 참는 거야. 그러니까 너도 참아.

행복, 또 행복이 문제구나. 행복이 목표면 정말 행복해지는 걸까? 그즈음 나는 직장에서 돌아올 때마다 다른 사람이 됐다. 능력이 더 생긴다는 뜻이 아니라 알 수 없는 불안함과 조급함에 두리번거리고 오히려 행복에서 멀어지고 있었다. 나는 행복할 수 있을까. 성취도 없이 자부심도 없이 돈도 없이 집도 없이 그럴 수 있을까. 그런 생각만 머릿속에 꽉 찼다.

프리드리히 니체는 『차라투스트라는 이렇게 말했다』에서 거친 노동을 사랑하며 빠르고, 새롭고, 낯선 것을 좇는 사람들은 자신을 감내하지 못하고 있는 거라고 했다. 그런 부지런함은 오히려 현실에 대한 도피이자, 자기 자신을 잊으려는 의지의 표상이라는 거다. 일찍이 니체는 진정한 자신의 삶을 살지 못하고 앞만 보며 달려가는 사람들에게 깨우침을 준 것이다. 바틀비는 아무래도 니체의 영향을 받은 듯하다. 그의 저항은 비굴하지 않고 '있어' 보인다. 소설의 화자인 월스트리트 변호사가 바틀비를 표현한 문장만 봐도 그가 얼마나 꼿꼿한 인물인지 알 수 있다.

창백할 정도의 단정함, 애처로운 기품, 그리고 치유할 수 없는

고독. 그가 바틀비였다. *

* 『필경사 바틀비』, 허먼 멜빌 지음, 한기욱 옮김, 창비, 2010, p. 58

짧은 이 문장은 눈앞에 바틀비가 서 있는 듯 생생하다. 바틀비는 변호사 사무실에서 법적 서류를 필사하는 일을 한다. 어느 날부터 그는 "안 하는 편을 택하겠습니다"라는 말로 필사를 거부하고 사무실에 머무르기만 한다. 안 하겠다는 것도 아니고 안 하는 것을 택하겠다니. 다른 일이 바빠서도 아닌데 어떤 일을 시켜도 똑같이 대답한다. 이 엉뚱한 고집쟁이를 난감하게 바라보는 변호사는 고용주답게 직원을 '쓸모'로 판단하는 사람이다. 직원 개개인의 특징을 파악하고 있는, 이를테면 직원 관리 능력이 뛰어난 고용주다. 그런 그가 바틀비라는 비상식적인 인물과 부딪치며 겪는 혼란이란! 그는 바틀비에게 일을 시키려고 온갖 방법을 동원한다. 하지만 거부하기 힘든 기운, 생기는 없지만 오만한 태도에 짓눌린다.

바틀비를 향한 동정심과 개인의 이익이 끊임없이 줄다리기하지만 결국 바틀비를 버리는 선택을 한다. 그에게 퇴직금을 주며 내일 아침엔 사무실에서 보지 않길 바란다는 최후의 말을 남긴다. 변호사는 바틀비를 사무실에 홀로 두고 방을 나온다. 바틀비 자신보다 더 유명한 그의 어록, "안 하는 편을 택하겠다"는 말은 반항이라기엔 약하지만 따라 하고 싶을 만큼 유혹적이다. 얼핏 들으면 수동적 저항 같아 보이지만 열정적 저항이다. 그는 하지 않겠다는 선택을 통해 자기의 삶을 스스로 닫아버렸다.

지금, 야근을 밥 먹듯이 하고 주말에도 직장 동료들과 스터디 모임을 하고 자식이 몇 학년인지는 몰라도 직장 상사의 생일은 챙기는 사람이 있다. 어느 날 그가 느닷없이 상사가 시키는 일을 거부하고 "안 하는 편을 택하겠습니다"라고 말한다면, 과연 어떤 일이 벌어질까? 이 질문에 J가 자신의 이야기를 털어놓았다.

자기 인생을 한 단어로 표현하자면 일개미라고 했다. 하루에 열두 시간을 근무하고 주말까지 그렇게 일해서 돈은 차곡차곡 통장에 쌓였고 미래를 예측할 수 있게 되니 좋았다고 한다. 돈에 여유가 생기자 시간에 얽매이지 않는 일을 찾아 직장을 옮겼는데 행복하지 않고 불안하기만 했단다. 어느 날 잠자리에 들었는데 뭔가 형언할 수 없는 미래에 대한 중압감에 눌려 밤새 두려움에 떨었고 당장 죽을 것 같은 공포감이 들었다고 한다. 시간이 많아지니 뭘 안 하는 시간을 견디기 힘들었고, 뭐라도 하려고 사람들을 무작정 따라 하기 시작했단다. 도무지 멈추는 게 안 돼서 병원을 찾아갔고 의사의 조언으로 독서를 시작했다고 했다. 그런 일을 겪은 경험자로서 『필경사 바틀비』는 정말 많은 생각을 하게 만든 소설이었다고 말했다. 독서모임은 자기에게 일종의 치유라면서 자리에 앉은 모두에게 감사하다고 말했다. 나는 J에게 내가 힘들 때마다 중얼거리던 문장 하나를 적어주었다.

에스키모들에게는 '훌륭한'이라는 단어가 필요 없어. 훌륭한 고래가 없듯 훌륭한 사냥꾼도 없고, 훌륭한 선인장이 없듯 훌륭한 인간도 없어. 모든 존재의 목표는 그냥 존재하는 것이지 훌륭하게 존재할 필요는 없어."

* 『펭귄뉴스』, 김중혁 지음, 문학과지성사, 2006, p. 99

내 손안의 선택지

-『자기 결정』 페터 비에리 -

출근을 하면 몸이 고생이고 어쩌다 월차라도 내고 집에 있으면 할 일을 미룬 것 같아서 마음이 불편하던 시절이 있었다. 다 먹고살기 위해 하는 일이라고 받아들이면서도 일과 관련된 시간을 싫어했고 일에 집중하지 못하는 비효율적인 내 모습을 부끄러워하면서 이렇게 살아서는 안 된다고, 이러고 있을 때가 아니라는 말만 되풀이했다. 출근 시간의 지하철을 떠올릴 때마다 강가에 서서 초를 띄우며 기도하는 상상을 했다. 이번 생은 망했으니 다음 생에는 아예 퇴근을 알리는 노을로 태어나게 해달라고.

돈을 차곡차곡 모아서 미래에는 더 멋지게 살아보려는 생각에 사로잡혀 말 잘 듣는 소시민으로 살았었다. 직장생활의 공허함을 내몰기 위해서 완벽한 소비자로 살아도 봤다. 그러던 어느 날 새로운 질문이 떠올랐다. 이렇게 사는 게 인생의 전부일까?

사회가 강요하는 틀에서 벗어나고 싶다고 말해야 할지, 누구의 간섭도 없이 나의 신념만으로 살고 싶다고 말해야 할지, 마음의 갈피를 잡지 못하는 날을 보내고 있었다. 그러면서도 내 삶의 의미와 가치라고 여겼던 돈이 더는 나를 움직이게 하지 못한다는 사실만큼은 분명했다. 나는 엄청난 의지를 발휘해 잠시 멈췄다. 적당한 고생과 적당한 방황과 적당한 낯섦이 필요해 길을 나섰다. 『자기 결정』이 인생 책이 될 거라고 꿈에도 생각하지 못한 채 가방에 넣어두고 여행하는 동안 한 번도 펼쳐보지 않았다. 그저 목적지 없이 이리저리 떠돌며 나에게 질문만 던졌다.

나에게 삶이란 무엇일까. 만나는 모든 사람을 붙잡고 물어보고 싶었다. 당신은 당신의 삶이 괜찮은지, 나에게는 왜 이 삶이 이렇게나 지랄 맞은지.

찬 바람 부는 새벽, 칭칭 감은 목도리에 가려진 입에서 계속 하품이 나왔다. 버스에서 꾸벅꾸벅 졸다가 사람들의 조급한 움직임을 느끼고 그들을 따라 지하철로 갈아탄다.

강남역 앞 편의점에서 삼각김밥 하나를 사면서 오늘 점심 값은 굳었다며 좋아하는 삶은 또 무엇인지. 이렇게 사는 건 사는 게 아니야, 말하면서도 아침이면 또 일어나서 회사에 가고 밀어닥치는 고지서의 금액을 채워 넣기 바쁜 내게 삶은 무엇인지.

일상을 멈추고 떠난 제주의 동쪽 마을 세화는 을씨년스러웠다. 미역을 가닥가닥 손질하던 당신의 굽은 등은 애처로웠다. 검푸른 바다와 묘하게 어울리던 붉은 꽃무늬 몸뻬 바지를 입은 당신은 왜 그렇게 해맑은 표정인지. 정말로 당신들은 괜찮은지, 이 삶은 살 만한 가치가 있는 것인지. 그게 아니라면 나는 어떻게 살아야 하는 것인지. 나는 낯선 일상을 붙들고 그 바다 앞에서 끝없이 묻고 물었다.

여행에서 돌아온 뒤 다시 제자리였다. 나를 둘러싼 반경 10미터 정도, 이게 바로 내가 사는 세계의 전부구나 생각하면서 사랑하는 사람 몇몇, 혹은 좋아하는 물건 몇 개면 만족하는 인생. 한 달 치의 월급이 나오면 삶을 통제했다고 생각하고 제대로 산다고 좋아하면서. 나를 불러주는 곳이 있다는 게 얼마나 감사한 일인가. 그러니 불평불만은 배부른 사람들이나 하는 짓이라고 생각하면서 내 관심사와 내가 좋아하는 것을 모른 채로 살았다. 내 것이라 여겼지만 다른 사람들에게 부화뇌동하며 갖게 된 생각과 취향은 아닌지 들여다볼 생각도 하지 못하고 그저 남들처럼 사는 삶, 그냥 당연한 듯 살아지는 삶이었다.

　명백히 좋은 책인데, 저자의 말에 백 퍼센트 동의하면서도 상황이나 여건상 삶에 적용하지 못하고 그저 좋은 책으로만 남는 책이 있다. 『자기 결정』은 나에게 그런 책이었다. 당장 적용할 수 없어서 씁쓸함을 남겼던 책. 페터 비에리는 특별히 새로운 개념을 제시하거나 혁신적인 생각을 말하지 않았지만 '삶의 태도로서의 철학'을 강조하면서 내게 영감을 줬다. 그는 철학을 바탕으로 나의 존엄을 스스로 지켜가길 바랐다. 그러나 책을 다 읽고 의문이 생겼고 심통도 났다. 타고난 것은 결정할 수 없지만 어떻게 살아갈지는 스스로 결정할 수 있다고 말한 철학자로서 그는 자기 인생의 중요한 결정을 자기 마음대로 했을까. 상황에 휩쓸리거나 타인에 휘둘리지 않고 모든 삶의 변곡점에서 어떻게 살아갈지 스스로 결정했기에 이런 책을 쓸 수 있었던 걸까. 만약 그랬다면 삶의 풍랑에서 열쇠를 쥘 수 있는 여건이 좀처럼 만들어지지 않는 나 같은 사람을 위해 조금 더 구체적이고 현실적인 해법을 알려줬으면 싶었다. 그때 나는 저자가 알려준 대로 살지 못하는 게 좀 서글펐다.

페터 비에리는 책에서 "글을 쓰지 않는 사람은 자신이 어떤 사람이 아닌지조차 알지 못한다"* 라는 막스 프리슈의 말을 인용하면서 자기 결정의 삶에 필요한 도구로 문학을 꼽았다. 결국 문학이구나. 현실의 벽 때문에 당장 삶에 적용할 수 없으니 언젠가는…… 하고 훗날을 기약하면서 당분간 문학으로 위안 삼는 수밖에 없구나 생각했다. 다행이라고 생각하면서도 씁쓸했다.

『자기 결정』을 다시 읽은 건 2019년의 독서모임에서다. 끼리끼리 뭉쳐 친구가 된다더니 책을 읽고 과거의 나와 똑같이 반응하는 구성원이 있었다.

외부로부터 받은 영향에 잠식당하지 않고 삶의 주인이 되어야 한다는 걸 안다. 자신이 어떤 사람인지 객관적이고 명확하게 직시해야만 한다는 걸 알지만 그게 말처럼 쉬운 건 아니다. 타인의 시선이나 사회적인 압박을 걷어내는 게 현재의 대한민국에서 가당키나 한 일이냐. 자기는 일상의 덫에 갇힌 거나 마찬가지고 그 덫을 만든 사람이 자신이라는 걸 알고 있다. 안 그래도 요즘 자괴감에 시달렸는데 인생을 불행하게 살기로 작정한 사람은 결국 너라고 말하는 페터 비에리 때문에 어쩐지 화가 나더라고 말했다.

* 『자기 결정』, 페터 비에리, 문항심 옮김, 은행나무, 2015, p. 55

나는 그녀가 화나는 이유를 너무나 잘 안다. 예전의 내가 그랬듯 그녀는 누구보다 빨리 변하고 싶은 것이다. 나는 그녀의 하소연에 공감한다는 뜻으로 힘있게 고개를 끄덕였다.

처음 『자기 결정』을 만나고 난 이후 시간이 날 때마다 책을 꺼내 읽었다. 여러 번 읽으며 마주친 건 '어쩔 수 없었다'고 변명하는 나였다. 그때마다 나에게 물었다. 정말 어쩔 수 없었니? 그 질문이 거듭될수록 조금씩 생각이 달라졌다. 바꿀 수 없었던 지난날들이 지금의 나를 만들었고, '현실적인 제약이 존재하는데 과연 자유롭게 내 삶을 내 의지로 결정하며 살아갈 수 있을까?' 하는 질문에 이제 조금은 답을 찾을 수 있을 것 같았다.

직업을 벗어던지고 자유로워지기로 결심한다는 건 어른이 되어 내릴 수 있는 결정 중에서 가장 힘든 일이다. 이런 종류의 책을 읽었다고 당장 직장을 때려치울 수는 없다. 사표를 내지 못했다고 해서 자기 잘못은 아니다. 그러면 어쩌라는 말이냐고? 나는 이럴 때 가능성에 힘을 싣는다. 살아온 과거는 변할 수 없지만 미래까지 고정된 건 아니니까. 경우의 수가 적을지라도, 충분히 선택할 수 있는 여지가 있다. 그러려면 의지의 주인이 되어야 한다. 자신이 의지의 주체임을 잊지 않고 상황을 살피면 머지않아 자유로운 결정을 내릴 수 있다고 생각한다.

『자기 결정』은 독서모임 구성원에게도 나에게도 독서가 주는 효용을 깊게 깨닫게 해줬다. 독서라는 행위 자체가 내가 지금까지 알던 세계를 벗어나려는 노력이고 내 삶과 동떨어진 이해 너머의 무언가를 향해 열심히 움직이는 것이라는 사실을 페터 비에리는 다시 깨닫게 해주었다.

세상과 엇박자로 막춤을 추며

-『행복의 정복』버트런드 러셀 -

아침마다 출근하는 카페가 있다. 내가 알기로 한국에서 가장 맛있는 카페라테를 만드는 곳이다. 카페라테를 좋아하는 사람들은 자기가 마시는 라테가 최고라고 자주 부풀려 말한다. 만약 그런 카페라테를 찾지 못했다는 생각이 들면 불행한 얼굴로 세상에서 가장 맛있는 라테를 찾아다닌다. 나도 그런 사람이었다. 과장을 좀 보태자면 맛있는 카페라떼를 찾으러 전국을 돌아다녔다. 맛있는 카페라떼를 찾으려는 목적 하나로 여행한 건 아니지만 여행을 가기 전이면 항상 카페라떼 맛집을 수소문하고 꼭 마시고 왔다. 그렇게 돌고 돌다 운이 좋게 집 앞 카페에서 맛있는 카페라테를 만났다. 눈이 오면 어깨에 눈을 얹으며 갔고 비가 오면 투명한 비닐우산을 쓰고 갔다. 나는 카페의 부지런한 첫 손님이자 단골이었다. 듣기 좋은 음악만 엄선한 플레이리스트도 귀를 즐겁게 했다.

아침이면 언제나 버터와 밀가루가 함께 구워지는 냄새가 진동한다. 바질 스콘이라는 걸 콧구멍이 알아차리면 그걸 먹지 못하는 내 몸뚱이를 조금 원망한다. 이런 시간, 이런 풍경을 행복이라고 이름 붙이지 않는다면 대체 뭘 행복이라고 할까.

아침 인사를 하면 커피 바에 서 있던 바리스타는 기다렸다는 듯 라테를 준비한다. 주문하지 않았는데도. 원두가 갈리고 우유 거품기가 돌아가면 나는 속엣말을 한다. 우유 거품아, 제발 치즈처럼 쫀쫀해져라.

카페가 문을 여는 아침 8시에는 거의 혼자다. 누군가 지나가면서 흘끗 쳐다본다. 저 아줌마는 아침 일찍 나왔네 하는 표정이다. 건너편 아파트 단지에서 한 무리의 펭귄이 나온다. 날씨가 추워지고는 어른도 아이도 모두 발목만 내놓고 다닌다. 단체복처럼 똑같이 검은색 롱 패딩 차림이다. 모두 동동동동 걷는다. 자기 몸만 한 가방을 업은 꼬맹이들과 엄마 손을 잡은 유치원생들. 언니 오빠와 함께 등

교하는 아이들의 입에서 하얀 입김이 나온다. 건널목엔 녹색 어머니회 엄마들이 있다.

오래전에 녹색 어머니회를 해본 적이 있다. 그때도 초록색 앞치마를 입었었다. 그때 앞치마가 너무 짧아서 민망했었지, 생각하는 순간 진동벨이 울린다. 뜨거운 카페라테를 홀짝거리니 세상을 다 가진 것 같다. 겨우 그 정도로 행복을 느끼냐며 누군가가 내 텅 빈 주머니를 손가락으로 가리킨다.

그러게 왜 나는 남들이 가진 걸 갖지 못했을까? 같은 출발점에서 뛰기 시작했지만 도착점이 완전히 달라진 친구들을 보면서 불행했고, 내가 한 선택에 대한 후회 때문에도 불행했다. 하지 못한 일들에 대한 미련 때문에 또 불행했다. 그런 생각만 하다가 체념했다. 내 인생의 성공과 실패는 이미 판가름 났다고. 첫 단추를 잘못 끼웠으니 돌이킬 수 없다고 생각했다. 그러면서 언젠가부터 남들이 가진 걸 나는 왜 못 가졌냐는 질문은 안 하게 됐다. 살아 보니 인생이란 건 대부분 형편없이 초라하고 덧없고 쓸쓸한 것이다. 생각했던 것보다 훨씬 더 합리적이지 않고 모순되고 이해할 수 없는 것이다. 좋은 카드와 나쁜 카드가 섞여 있는 상자 속에서 어떤 카드를 뽑게 될지 모르는 게 인생이다. 플러스가 있으면 마이너스가 있고 절대적인 성공도 완벽한 실패도 없다. 그러니 하루 치의 행복만 생각하자고 그렇게 행복에 대한 정의를 내렸다.

매끈하게 쭉 빠진 세단, 평수 넓은 아파트, 자랑스러운 인간관계, 비싸고 맛있는 음식, 뉴욕과 파리에 집이라도 있는 것처럼 비행기를 자주 타는 사람들이 말하는, 삶을 풍요롭고 행복하게 해주는 조건에 맞는 게 나에게는 없다. 누군가가 보기에는 '그런 것 없이 살다니 당신은 행복하지 않을 것이다'라고 판단할 수 있다. 그중 일부라도 있으면 더 행복할 거라고 확신하며 사람들은 더 좋은 결혼과 더 좋은 일자리를 꿈꿀 것이다. '당신은 나이가 들었으니 그럴 기회가 줄어서 어떡하냐'고 걱정도 할 것이다. 사람들이 그런 생각을 하는 때에 나는 될 수 있는 한 오래, 치열하게 세상과 엇박자로 살길 원한다. 내가 아무것도 가지지 않은 채 이 세상에 태어나 타인들의 호의에 기대어 살아가고 있음을 기억한다. 그리하여 왜 살아야 하는지 무엇때문에 계속 살아가고 있는지를 생각한다. 내가 원하는 삶이 이런 것이라는 확신으로 산다.

요즘 내 행복을 담당하는 건 유머다. 나에게도 유머감각이란 게 있었던 때가 있었다. 의도했던, 의도하지 않았던 내 말에 빵빵 터졌다. 사람들이 낄낄대는 모습을 보면 그렇게 행복할 수가 없었다. 배꼽을 잡으며 오늘은 무슨 약을 먹고 이렇게 웃기냐는 말을 들은 적도 있다. 믿거나 말거나. 그런 날은 밥을 안 먹어도 배가 부른 날이다. 나의 행복은 바로 이런 데에 있다. 비록 사람들을 웃기는 직업은 갖지 못했지만 적어도 주위 사람에게는 웃기는 사람으로 불리고 싶었다.

유머 감각도 나이가 드는 건지 그때의 감각은 사라져버렸다. 지금도 용을 쓰긴 한다. 그러나 개그라고 말하기에는 좀 머쓱하다. 생각보다 사람들이 웃질 않는다. 물리적으로 늙는 속도보다 유머 감각이 사라지는 속도가 더 빠른 것 같다. 유머가 늙으니 필연적으로 행복이 줄어든다. 죽어가는 개그감을 살리기 위해 코미디 프로그램을 자주 보는데 봐도 방청객이 왜 웃는지 모르겠다. 이쯤 되니 자연스럽게 재미에 대한 갈망이 생긴다. 사색이고 진지함이고 다 필요 없고 재밌고 웃긴 사람을 찾아나서고 싶다. 어릴 때부터 몸 개그라면 사족을 못 쓰는 편이라 그런 영상을 주로 보는데 그것도 하루 이틀이면 재미가 없다. 이상하게 예전만큼 재미라는 게 오래 못 간다. 하는 수 없이 다시 책으로 돌아온다.

유머라면 빼놓을 수 없는 작가가 있다. 커트 보니것이다. 그는 절망과 모순이 가득한 세상에서 우리를 구원할 수 있는 것은 지성에서 비롯된 체념과 일상의 소소한 기쁨을 최대한 감사히 누리는 것이라는 현명한 말을 남겼다. 또 예술을 한다는 것은 삶을 견딜 만하게 만드는 아주 인간적인 방법이라는 말도 했다. 그러면서 이런 하찮은 것들을 권한다. 샤워하면서 노래하기, 라디오를 들으며 춤추기.

나는 즐거움을 얻기 위해, 나아가 행복을 정복하기 위해 뭐든지 시도할 것이다. 웃기지 못할 걸 알면서도 끊임없이 사람들을 웃기려 할 것이고 조만간 막춤도 배울 것이다. '막춤을 배운다고?' 하고 의문을 품겠지만 집 근처에 정말 막춤학원이 있다. 그 학원에 등록하려고 전화했다가 알게 된 사실 하나, 거기서 내가 제일 어리다.

가질 수 없어 더 목마른 마음

-『A가 X에게』 존 버거 -

휴일 아침이었다. 습관처럼 일찍 잠이 깨어 거실로 나오니 아직 어둠이 가득했다. 거실에 앉아 하루가 밝아오는 것을 보고 있다가 갑자기 멍해지는 느낌이 들었다. 오늘 하루는 무엇을 해야 할지 가늠이 안 됐다. 하루라는 온전한 시간이 앞에 놓여 있는데 무엇을 해야 할까? 다음 주에 예정된 독서모임의 책을 다 읽지 못한 게 생각났다. 내가 목록에 넣은 책이지만 솔직히 내키지 않았다. 이 책을 왜 읽자고 했을까? 후회하면서 2주를 보냈다.

수정할 부분에 빨간 줄이 북북 그어진 초고가 돌아오

려면 아직 시간이 좀 남았다. 지금은 가리지 않고 아무 책이나 다 읽어버려도 될 만큼 시간이 많다. 그래도 누군가의 편지를 읽으면 이상하게 죄책감이 든다. 보고 싶은 마음과 보고 싶지 않은 마음이 싸운다. 어떤 사람이 쓴 은밀한 편지를 읽어도 되는 걸까.

책을 방금 다 읽었다. 좀 울었다. 안 그래도 울고 싶은 참에 누군가가 뺨을 한 대 친 것 같다. 누가 마음을 칼로 두세 번 그은 것 같다. 찢어진 마음이 바람에 나부꼈다, 그러고는 우울했다. 이게 우울할 일이냐? 그렇게 물어도 우울했다. 이 우울의 원인은 욕망을 숨긴 여자의 담담함 때문인 것 같다.

정치범으로 독방에 갇힌 남자를 그리워하는 여인의 욕망은 삶을 이끌어가는 동력이기도 하지만, 여인의 삶은 그 욕망에 끌려다닌다. 단 한 번의 면회도 허용되지 않는 상황에서 그리움으로 야위는 여성의 말들. 그걸 보는 게 아팠다. 그런 삶은 뭔가가 부족하고 황폐하다. 갈증이 난다. 욕망이 어디 그리 쉽게 채워지던가. 바닷물을 먹는 것처럼 욕망은 항상 그녀를 목마르게 했을 뿐 단 한 번도 시원하게 해갈된 적이 없다. 들이켜고 들이켜도 갈증은 커지기만 한다. 그걸 알면서도 쉬지 않고 욕망에 목말라하는 여자가 나를 우울하게 한다. 어떤 책은 마음을 다치게 한다. 상처 나서 벌어진 틈새로 피가 고이고 아물 때쯤이면 결국 마음의 결이 바뀌게 되는 책이 있다.

정서와 감수성이 풍부하고, 남을 배려할 줄 알면서 조지 클루니 같은 카리스마와 부드러움을 동시에 지닌 완벽한 남자. 아니면 오스카 와일드는 어떤가. 촌철살인과 시크함, 유머 감각에 우아한 외모까지 빠지는 게 없다. 비록 성 정체성은 모호하지만 어차피 상상인데 그게 무슨 상관인가. 감성 두 스푼에 까칠 한 스푼을 섞어 천천히 저어 놓은 듯한 매력을 가진 남자도 좋다. 조금 골치 아플 스타일이지만, 뭐. 온몸에서 뿜어져 나오는 예술적 감성이 있다면 골치 아픔 정도는 적당히 넘어갈 수 있다. 이처럼 여자들이 상상하는 건 언제나 다른 남자다. 내 집에 있는 남자 말고, 내 남자 말고 다른 남자다.

다른 남자들은 내 남자보다 모든 면에서 훌륭하다. 그들은 아내나 여자친구가 스트레스를 받으면 아로마 목욕을 시켜주고 부탁하지 않아도 알아서 두피 마사지를 해준다. 그들은 아내가 차를 한잔 마시고 싶다는 생각이 들기도 전에 물을 끓인다. '차 한잔 마실까?' 하는 순간 차는 이미 대령해 있는 것이다. 다른 남자들은 아내가 미처 하지 못한 생각을 해낸다. 잠도 자지 않고 어지간해서는 지치지도 않는다. 세상에 존재하는 다른 남자들은 이처럼 정력적이고 매력이 넘친다.

여인의 편지에는 다른 남자가 있다. 영원히 함께할 수 없다는 점 때문에 남자는 여자에게 있어 다른 남자다. 내 남자가 어떤 사건으로 인해 영원히 만날 수 없는 다른 남자가 된 것이다. 그런 이유로 그 남자와 함께하고 싶은 욕망은 불같이 타오른다. 그러면서도 여인이 쏟아내는 편지 속 언어는 담담하고 아름다웠다. 감옥이라는 배경과 어두운 상황은 머리에 들어오지 않을 만큼.

어떤 책은 감정을 쏟아내고 싶지 않고 읽은 다음 그 자리에서 털어버리고 싶다. 너무 애잔하고 슬퍼서 오히려 감정을 아끼게 되는 밤. 아무것도 할 수 없는 밤이었다.

나는 소설가를 대체로 천재로 여기지만, 존 버거만큼 그 단어가 어울리는 사람도 드물다고 생각한다. 그는 시인이면서 세상의 모든 아름다운 것을 떡 주무르듯 주무르는 예술가다. 못하는 게 없는 멀티 플레이어다. 그러니 나를 잠 못 들 게 하는 건 누워서 떡 먹기다. 내 집에 있는 내 남자, 눈치라고는 밥 말아 먹은 내 남자, 침대 구석을 차지하고 웅크리고 잠든 남자, 한때 성은 백 이름은 마탄이었을지도 모르는 내 남자와 당신들의 남자. 그들이 감옥에 갇

히지 않고 옆에서 자고 있다는 사실에 감사하라고 오늘 밤
존 버거가 알려주었다.

　이날 독서모임의 이야기는 언젠가 꼭 글로 남기고 싶
었다. 왜냐하면 우린 『A가 X에게』를 읽고 만났지만 에릭
시걸의 『러브스토리』에 관한 이야기를 더 많이 했기 때문
이다. 대중 소설의 소재는 반 이상 사랑 이야기고 잘 쓴 사
랑 이야기는 꼭 영화로 만들어지기도 한다. <러브스토리>
역시 내 또래의 사람이라면 안 본 사람이 없을 정도로 유
명한 영화다. 요즘 젊은이에게 <러브스토리>를 봤냐고 물
으면 모른다고 하겠지만 눈싸움 장면을 이야기하거나 주
제곡을 들려주면 다들 아~ 한다.
　짐작하겠지만 이루어질 수 없는 사랑 이야기다. 게다
가 여주인공은 영화나 드라마에서만큼은 자주 등장했던
백혈병이다. 오직 죽음만이 둘을 갈라놓을 수 있다는 오래
된 낭만적 사랑의 계보 같은, 조금 뻔한 이야기다. 이별은
원래 슬픈 일이지만 특히 죽음이 만든 이별은 사람의 마음
을 아리게 하는 구석이 있다. 나는 딱 거기까지만 알았다.
왜냐하면 영화로 봤지, 소설은 읽지 않았으니까. 그러나
우리 독서모임 구성원 중에 『러브스토리』를 소설로 읽은
사람이 있었다. 여전히 낭만을 밥처럼 먹고 사는 사람이라

서 그런지 책 구절을 수첩에 적어 다녔다. 나는 그 점 또한 놀라웠다. 그분이 소개해준 소설의 도입부가 그냥 끝장난다. 많은 사람들이 읽었으면 하는 마음에 도입부의 문장은 이곳에 적지 않는다. 다만, 에릭 시걸이라는 소설가는 사람들이 무엇에 혹하는지 너무나 잘 아는 사람이라는 점만 알려드린다.

나의 밖에서 나를 흔드는 자

― 『슬픈 짐승』 모니카 마론 ―

나처럼 삶에 자주 염증이 나는 스타일이라면 한 번씩 몸이 뒤틀리는 사랑 소설 한 권쯤은 읽는 게 좋다. 말은 이렇게 하는 데 사랑 이야기를 잘 안 읽는다. 독서모임에서 남녀의 사랑을 다룬 책을 선택한다면 두 가지 이유에서다. 우연히 읽었는데 생각보다 좋아서 소개하고 싶은 경우와 독서모임에 어떤 활력이 필요하다고 느꼈을 경우. 이를테면 지난달에 지루한 철학 책이나 책장이 안 넘어가는 고전을 끝냈을 때 제격이다. 유럽 사람은 어떤 사랑을 하며 살았는지 알아보는 게 독서모임 사람들의 지루한 삶에 활력이 된다는 건 그동안의 경험으로 충분히 알고 있었다. 우리

모임 사람들은 사랑 이야기라면 침이 튀게 할 말이 많다. 그걸 지켜보는 건 또 얼마나 재미있는지.

사춘기를 다시 치르듯 호된 시간이 지나고 있을 무렵 어떤 책 속에서 신형철을 만났고 그가 『슬픔을 공부하는 슬픔』에서 추천한 작품들을 읽으면서 그에 대한 신뢰가 쌓였다. 나는 책 뒤에 부록으로 붙어 있는 추천 도서 이외에도 그가 각 꼭지에서 다룬 작품 중 마음에 와닿았던 것부터 하나씩 읽었다. 모니카 마론의 『슬픈 짐승』은 그렇게 만난 작품이다. 아마도 신형철을 못 만났다면 평생 모르고 지나갔을 소설이다. 읽는 내내 괴로워서 몸이 뒤틀렸고 이야기에 빨려 들어가 영혼이 타들어가는 기분이었다. 사랑에 미치면 어떻게 되는지 적나라하게 보여주는 소설인 것은 분명한데, 내 안에는 그런 사랑의 기억이 없어서 조금은 당혹스러웠다.

때로는 지독하게 뜨겁고 때로는 윤리를 거스를 만큼 충동적인, 슬프지만 찬란하고 모두가 원하지만 쉽게 얻을 수 없는 것. 사춘기 시절 새로 부임한 선생님에게 첫사랑 이야기를 들려달라고 아우성쳤을 때 제일 시시했던 결말은 그 첫사랑과 결혼했다는 말을 듣게 될 때였다. 호기심 어린 눈빛이 온데간데없어지고 갑자기 분위기가 싸해졌던 기억 하나쯤은 다들 있지 않은가. 어쩌면 우리가 진짜 원하는 이야기는 이루어질 수 없는 사랑 이야기인지도 모른다.

자기 나이도 기억하지 못하는 여자가 있다. 그녀가 뭔가를 기억하지 못하는 건 나이가 들었기 때문이거나 기억 상실에 걸려서가 아니다. 자기 머릿속에 떠오르는 기억 중 뭐가 사실이고 뭐가 거짓인지, 실제 일어났던 일은 뭔지 알 수 없게 된 것이다. 그러다 과거의 사랑을 조금씩 기억해낸다. 부정확하고 불연속적인 기억. 기억의 파편에는 슬픔이 진하게 배어 있고, 그 슬픔은 서서히 그녀를 점령했다. 그녀는 수십 년 전의 이야기 속에 집을 짓고 울타리를 치고 그 속에서 살아간다. 서독 출신의 남자 프란츠와 동독 출신의 여자. 프란츠와 그녀는 가정을 가진 상태에서 만나는 은밀한 관계였다. 어디에 있는지 알지 못하던 것을 비로소 찾은 것 같은 기분, 서로가 삶의 전부일 정도로 애틋하고 운명 같은 상대가 하필 유부남일 때 느끼는 슬픔을 평범한 나는 가늠하지 못하겠다.

분단 시대가 남긴 상처와 함께 사랑과 집착, 불안과 기다림 그리고 슬픔이 소설을 빈틈없이 꽉 채운다. 그녀에게 남은 건 오로지 슬픔뿐이다. 한동안 나는 그녀의 슬픔이 불러온 환영을 잊을 수가 없었다. 프란츠와 함께 누웠던 침대에 짐승들과 함께 누운 그녀의 모습을 상상하면서 '사람이 인생에서 놓쳐서 아쉬운 것은 오직 사랑뿐'이라는 말을 떠올린다. 그런 소설이 있다. 『슬픈 짐승』처럼 읽고 나면 어떤 형용할 수 없는 느낌이 드는 소설이.

사랑에 빠진 사람은 비범해진다. 인생이 오만 가지 색깔로 이루어졌다면 사랑은 그 오만 가지 색깔을 마구 섞은 것인지도 모른다. 대개 그들은 사랑에 빠졌다는 걸 숨길 생각이 없어 보인다. 자기가 살던 원래의 방식대로 살지 못하게 되는 것도 같다. 이상한 일을 서슴없이 저지르는 걸 보면 다른 사람의 눈치 같은 건 저절로 안 보게 되는 모양이다. 할 수 있는 경험은 다 하려고 애를 쓰고 가보지 못한 곳으로 가고 싶어 안달한다. 나이가 많건 적건 다 그렇게 된다.

때로는 사랑이 자신을 무너지게 할 수 있다는 걸 알면서도 자멸의 길을 걷기도 한다. 그들은 자신이 자신에게 무슨 짓을 하는지 정확하게 인지하며 자멸하는 사람들이다. 남들에게 알리지 못하는 사랑을 하는 친구가 내게도 있다. 비밀스러운 사랑에 빠지고는 뻔뻔하다 못해 점점 교활해지고 있다고 느껴질 정도였다. 나는 그런 사랑에 빠졌다는 걸 고백하는 친구에게 어설픈 충고는 하지 않았다. 머지않아 끝날 사랑이라고, 쓸데없는 짓은 그만하라고 할까? 미열에 시달리는 사람처럼 발그레한 얼굴이 된 친구가 안타까워 그런 나쁜 남자는 만나지 말라고 말할까? 먹을 만큼 나이를 먹고도 왜 그렇게 물러터졌냐며, 그 나이에도 남녀 간의 사랑에 인생을 걸게 되냐고, 정신 상태가 나약하다고 말했어야 했을까? 사랑도 사람처럼 백이면 백 색깔과 결이 다를 텐데, 남들과는 다른 상황을 혼자 비관하다가 오랜만에 친구를 만나 위로받고 싶었을 텐데, 이게 아니라는 걸 알면서도 그럴 수밖에 없어서 누구보다 괴로울 텐데. 나는 아무 말도 할 수 없었다.

나는 이 나이가 되도록 모르겠다. 사랑이 다가오면 그게 자신을 지배하도록 내버려둬야 하는 건지, 그렇게 하지 않으면 날뛰는 사랑 때문에 더 괴로워지는 건지. 정말 모르겠다. 아무래도 독서모임에서 사랑 이야기나 질리도록 해야겠다고 생각했지만 한 달에 한 번 모이는 독서모임이어서 막상 만나는 날이 오면 뜨거웠던 마음이 조금 식은 채로 이야기하게 된다. 그러나 걱정할 것 없다. 나는 입도 뻥긋 못할 만큼 다들 할 말이 많을 테니까.

그날은 모태 솔로인 H의 날이었다. 그녀는 한 번도 연

애를 못 한 모태 솔로였다. 겁이 많고 소심한 데다가 십대 때 학교에서 왕따를 당한 이후로 대인기피증이 생겨 한동안 고생했다고 한다. 연애하는 친구가 부러웠고 자기도 원했지만, 남자와 가까워지는 건 본능적으로 경계했다고 한다. 호감이 가는 남자가 있었지만 거절당하는 게 두려워 혼자 마음을 펼치고 혼자 마음을 접기를 반복했다고.

이러다가는 처녀 귀신으로 죽겠다 싶은 마음이 들어서 호감이 가던 상대에게 용기 내 고백을 했다. 그 남자를 안 지 한 달 만에 한 고백이었는데 그 순간 그 남자의 얼굴이 싸늘하게 변했다고 한다. 그야말로 처절하게 차였다는 것이다. 그 남자가 무슨 못된 짓을 하거나 차가운 말로 거절한 건 아니고 지극히 평범한 거절이었다. 그런데 기분이 상하는 일은 그 후에 일어났다. 그 남자에게 차이고 열흘이 지난 어느 날 다른 사람에게서 이상한 이야기를 전해 들었는데 그 남자가 그녀에게 고백을 받은 후에 여자를 무서워하게 됐다는 거다. 그녀와 비슷한 길이의 생머리 여자만 봐도 부들부들 떨린다고.

그 말을 듣는 순간 화가 나는 게 아니라 어쩐지 그 남자에게 공감이 되더라는 거다. 그 남자가 어떤 기분일지 공감한다는 게 자존심이 상하고 기분이 나빴지만 실제로 이해가 되더라는 거다. 그러면서 자기 또한 남자라는 존재가 그전보다 더 무서워졌다고 했다. 생전 처음 한 고백이 그렇게 기이한 사건으로 마무리됐으니 그 트라우마가 꽤 오래갔다는 것, 다시는 남자에게 고백 따위는 하지 않으리라 다짐했는데 그렇게 상처를 받고도 그 죽을 놈의 연애가 포기가 안 되더란다. 언젠가 어떤 책에서 끝이 없는 사랑은 없다. 모든 사랑은 끝난다는 구절을 읽고 짝사랑이 아니라 둘이 좋아서 사랑한다고 해도 결국 끝이 있다는 걸 알게 됐고 사랑의 유한성을 인정하게 됐다고 했다. 어차피 끝이 있을 거라면 오늘 읽은 소설 『슬픈 짐승』의 주인공처럼 미친 사랑을 할 거라고, 사랑의 두려움을 이 책을 통해 완전히 없애겠다고 말했다.

　그날 그녀의 연애 이야기를 듣고 우리 모두는 휘파람을 불고 박수를 쳤다. 다음 모임에서는 어느 구성원에게 핑크빛 립스틱을 선물받았다. 모태 솔로 해방을 기원하는 선물이란다. 파이팅!

검소함과 허영 사이에서

-『사물들』 조르주 페렉 -

지금 사는 집으로 이사하고 제일 좋았던 시간은 이른 아침
이었다. 아침이면 이 작은 집 베란다에 햇빛이 쏟아져 들
어온다. 그러면 나는 감탄하면서 '이런 햇빛을 햇살이라
는 따뜻하고 부드러운 단어로 부르는 거겠지?' 하고 생각
한다. 조용히 '햇살……'이라고 발음하면 양지바른 자리에
엎드려 있는 고양이가 생각난다. 그런 고양이의 둥그런 등
에 가만히 손을 대보는 따뜻하고 노곤한 봄날의 아침.

　　너무 좋았다. 더 이상 이삿짐을 싸지 않아도 된다는
사실이 좋았고 얼마 없는 통장의 돈을 만지작거리며 부동

산 사장님의 차를 타고 셋집을 보러 다니지 않아도 되고 무엇보다 남의 집을 빌려 살면서 느낀 집 없는 서러움이 끝났다는 사실이 좋았다. 세간살이 하나 없이 텅 빈 이 집이 좋아서 큰대자로 누워서 엉엉 울었다. 계약서에 도장을 꽉 찍은 이 집이 7층인 것도 동남향인 것도 모두 하늘이 내게 준 행운이라고 별것 아닌 사실에 감동하면서 언제까지나 텅 비어 있어도 상관없다고 생각했다. 이 작은 집을 무엇으로 채우나 그 생각으로 머릿속이 꽉 찬 건 미처 한 계절이 바뀌지 않았을 때였다.

강남역에서 출발한 지하철이 강변역에 도착하면 사람들이 쏟아져 내렸다. 사람들이 경기도 변두리로 들어가는 버스를 기다리고 있다. 유난히 찬 바람이 몰아치던 정류장에 서서 버스를 기다리면 플라스틱처럼 딱딱해진 구두 속에서 발가락이 얼었다. 감각이 없어진 열 개의 발가락 하나하나에 힘을 주면서 생각했다. 여기서 버스를 타지 않고 걸어서 집으로 갈 수 있다면 얼마나 좋을까. 나는 왜 그런 집이 없을까. 신동아 아파트, 현대 아파트, 워커힐 아파트를 지나고 불 켜진 창문들을 눈에 담으며 생각했다. 저기 사는 사람은 언제부터 저기가 집이었을까, 운동장만큼 넓은 거실에서 강변도로의 가로등이 하나둘씩 켜지는 한강을 바라볼 때는 어떤 마음일까.

강변도로를 지나면 경기도다. 허름한 원룸이 모여 있는 동네에 있는 나의 외딴 방에 도착한다. 아무것도 없는 방. 낮은 밥상이 있고 음식을 해 먹을 수 없을 만큼 작은 싱크대가 있는 방. 차가운 방바닥에 이불을 깔고 손바닥만 한 텔레비전을 켜고 누우면 나도 모르게 이상한 상상에 빠져든다. 엄청나게 많은 아파트를 지어서 들어가고 싶은 사람 누구나 들어가서 살게 해준다면 얼마나 좋을까. 그 아파트를 주면서 또 엄청나게 큰 텔레비전까지 준다면 얼마나 좋을까. 그런 말도 안 되는 상상을 하면서 잠이 들었다.

그런 말도 안 되는 상상을 하면서 물건에 대한 집착을 키운 것 같다. 물건을 살 형편은 안 되니까 사람들이 자랑하는 모습을 보면서 사물에 대한 허기를 채웠다. 어떤 사람들은 물건을 자랑하는 사람은 꼴 보기 싫다는데 나는 아니다. 새로 나온 가구와 전자제품을 구경하는 게 재미있다. 집을 짓고 좋은 물건으로 그 집을 채운 사람들의 이야기를 읽는 건 더 좋다. 높은 안목을 지닌 사람이 사 모은 물건을 사진으로 보여주는 책도 좋다. 누군가가 모은 물건은 열 번이고 백 번이고 구경하고 싶다.

『사물들』을 읽으며 K는 옷을 적게 소유하면 인생을 고달프게 하는 문제 하나가 사라진다는 도미니크 로로의 말이 생각났다고 했다. 자기는 절대 그 말에 수긍하지 못한다면서 나이가 들고 경제력이 생기면서 사물에 대한 소유욕이 더 커졌다고 했다. 나는 K와 달리 옷에 대해서는 최대한 간소하게 살고 싶다. 그러나 세상 사람 모두가 미니멀 라이프를 고집한다면 와…… 세상 참 삭막하겠다 싶긴 하다. 검소하게 사는 건 좋은데 절제하다 보면 통제로 변하고 통제가 강박이 되고 강박은 곧 스트레스로 변할 수 있다. 소박하고 단순하게 사는 삶의 장점은 안다. 문제는 단순하고 소박한 삶에서 내가 행복을 느끼는가 하는 거다. 역시나 결론을 내리기 힘들다. 아무래도 이건 내 평생의 숙제가 될 것 같다.

『사물들』에 등장하는 제롬과 실비는 가난하지도, 부유하지도 않다. 그들은 자기들만의 '취향'을 가지고 있다. 자신의 생활에 자부심도 있다. 방엔 책장에 다 수용할 수 없는 많은 책이 두서없이 쌓여 있고, 빈티지 소품들도 여기저기 놓여 있다. 친구들과 함께 밤새도록 예술과 철학에 관해 논한다. 일은 적당히 하고, 테라스에서 브런치를 먹으며 게으름을 피운다. 놀랍게도 현재와 다른 면이 없다. 물건에 대한 묘사도 지극히 현실적이고 감각적이다. 제롬과 실비의 방을 그대로 촬영해서 유튜브에 올리면 조회수가 엄청날 것 같다.

제롬과 실비가 가진 사물들을 즐겁게 구경하는데 작가가 난데없이 내 정수리에 찬물을 붓는다. 그러고는 대뜸 내 저급한 취향을 짚는다. 노력 안 하고 부자가 되려고 한 적이 없는데 그런 적이 있었다며 나무라기까지 한다. 내가 언제? 억울함을 호소하려던 찰나 물건을 살 때마다 발동됐던 자기합리화와 불안정한 내면과 부족한 자존감까지 꺼내서 보여준다. '이게 바로 너'라고 눈앞에 들이민다. 그제야 정신이 번쩍 든다.

　　여윳돈이 생길 때마다 하나둘씩 모은 빈티지 찻잔에 커피를 내려 마시며 『사물들』을 읽는 중이었다. 왠지 모르지만, 어금니를 꽉 깨물었다. 부를 따라가다 보면 더 많은 부가 필요하다는 게 참 아이러니다. 현실적이고 객관적이라 반박도 못 하겠다. 부끄럽지 않은 허영이란 게 존재할까. 내 자존감을 지켜주는 취향의 범위는 어디까지일까. 어쨌거나 빈티지 찻잔은 이제, 그만 사야겠지?

매일 한 편씩 시를 읽는 마음

-『실비아 플라스 시 전집』실비아 플라스 -

우리 독서모임에는 시를 좋아하는 사람이 많지만 시집을 읽고 나눈 경험은 아직 없다. 올해는 꼭 시도하려고 한다. 아마 싫다는 사람은 없을 것이다. 그러니까 이 글은 시를 잘 모르는 사람이 시를 읽고 시에 대한 감상을 나누겠다는 다짐을 쓴 것이다.

　　어린 시절부터 소설에 빠져 있던 내게 시집이라는 건 고르고 고른 언어의 정수를 빨아먹고 싶을 때나 펼치는 책이었다. 그러니까 나의 시 읽기가 중학생 수준이었다는 뜻이다. 도종환과 이해인 정도에서 머무르는 중이었다. 물론

이분들의 시를 무시하는 건 아니다. 오히려 그 무렵 그분들의 시를 읽지 않았다면 지금 내가 가지고 있는 손바닥만한 시적 감수성도 없었을 것이다. 그러던 어느 날 갑자기 실비아 플라스를 만났고 기절할 뻔했다.

실비아 플라스의 「아빠」라는 시를 읽는 순간 머리에 벼락을 맞은 것 같았다. 이 사람 뭐지? 이 숨 막히는 절망적 분위기는 도대체 뭐지? 그녀 때문에 시를 좋아하게 된 건 아니고, 그녀 때문에 시를 쓰고 싶었다. 그녀가 그런 시를 쓰게 된 건 필시 그럴 만한 인생을 살았기 때문이리라고 짐작되었다. 그녀의 일생을 알게 된 순간 나는 깨달았다. 모르긴 몰라도 실비아 플라스는 제우스조차 두려워하는 밤의 여신 닉스의 어두운 세계에 발을 들이고 시인이 된 거였다. 그녀의 삶에 비하면 그녀가 쓴 시는 심의에 걸리지 않을 정도의 가벼운 노랫말이었다. 가사 얘기를 하니까 짐 모리슨의 곡 <디 엔드(The End)>가 생각난다. '아버지? 그래 아들아. 당신을 죽이고 싶어. 어머니, 당신을 원해. (…) 고통이 당신을 자유롭게 해.' 이 정도는 돼야 실비아 플라스와 맞짱 뜰 수 있다. 짐 모리스도 죽음 이후 자신이 시인으로 기억되길 바랐다고 하니 그를 시인이라고 해도 좋을 것 같다.

사실 실비아 플라스는 시를 떠올리게 하기보다는 마

지막 죽음의 순간을 상상하게 한다. 플라스는 두 아이가 다음 날 먹을 아침을 챙겨놓고 아이들의 방으로 가스가 들어가지 않도록 문틈을 꼼꼼히 봉한 뒤 오븐에 머리를 넣고 자살했다.

그녀의 시는 단순히 삶의 고통을 기록한 건 아닐 것이다. 분명 작가로서의 소명을 가지고 자신과 주변을 치밀하게 응시하고 시적 언어로 고통을 표현했을 것이다. 시인과 시적 화자를 동일시해서는 안 되지만 시 안에는 분명 시인의 개인적 서사가 발견된다. 죽이기 전에 먼저 죽어버린 아빠와 자기를 아빠라고 말하며 내 피를 7년 동안 빨아 마신 흡혈귀인 또 다른 아빠(남편)에 관한 이야기를 다룬 시 「아빠」가 바로 그 지점이다.

실비아 플라스의 시를 읽고 기억 하나가 떠올랐다. 오랜 시간 동안 시인이 되기 위해 노력하던 지인(동생)이 말했다.

"언니 인생은 책으로 쓸만해. 이런 이야기를 안 쓰면 대체 무슨 이야기를 써?"

당시에 나는 지인의 말이 격려인지 뭔지, 의심스러웠다. 자기가 아는 작가들은 아픈 기억 한두 개쯤은 있는 것 같다며 불우한 어린 시절과 그보다 더 암울했던 인생 덕에 작가가 된 것이니 지난 세월에 고마워하라고 말했다. 고마워하라는 말에 좀 멍했다. 유년기의 비틀린 기억이 문학적인 성취나 작품세계로 확장된다는 나름의 분석을 한 것이리라. 그렇다면 나는 동생의 말대로 작가가 되는 조건을 갖춘 셈인가.

　모름지기 시인이나 작가에게는 고통스러운 성장기나 가난 또는 끔찍한 결혼 생활의 비밀이 있어야 한다고 믿었던 시절이 있었다. 나 역시 이성으로 통제되지 않는 감성을 지닌 사람만이 시를 쓸 수 있지 않을까 생각했었다. 어릴 때부터 감성적이라는 말은 듣기는 했어도 시인이 될 정도는 아니라고 생각했다. 어느 선까지는 감정을 글로 풀어낼 수 있지만 시를 쓰기엔 어딘가 부족하다는 생각이었다. 그러다가 앞으로도 내가 시를 쓰지 못할 거라는 걸 확실하게 알게 된 건 이성복 시인과 장석주 시인이 쓴 글을 읽고 나서였다.

"시는 몸에서 바로 꺼내야 해요. 시를 쓸 때 생각에 의지하면 항상 늦어요. 생각보다 말이 먼저 나가도록 하세요. 머리가 개입하지 못하도록 빨리 쓰세요. 시에서 리듬이 강해지면 의미가 희박해져요. 그건 머리보다 몸이 먼저 나갔다는 증거예요.""

＊ 『무한화서』, 이성복, 문학과지성사, 2015, p. 18

봐라. 시는 아무나 쓰는 게 아니다. 자기 마음을 자유롭게 글로 표현하면 그게 시라면서 야너두(야! 너두 할 수 있어)를 외치는 어느 젊은 시인의 말은 거짓부렁이었다. 글을 쓰려고 노트북 앞에 앉으면 몸보다 머리가 먼저 작동하는 나로서는 몸으로 글을 쓴다는 게 도대체 어떤 건지 감조차 오지 않았다. 그런데도 쉽게 포기가 안 됐다. 시를 못 쓰니 시인이 되기 힘들겠지만, 시를 쓰는 걸 포기하더라도 시인이란 어떤 존재인가는 알고 싶었다. 그러다 우연히 장석주 시인이 쓴 책 『은유의 힘』을 읽고 아, 나는 어렵겠구나… 생각했다.

"시인들은 고뇌와 기쁨들을 보는 천 개의 눈을 가졌다. 천 개의 눈으로 천 개의 세계를 본다. 꽃, 향기, 새들에 매혹돼 이것들과 덧없는 연애에 빠지는 자들이 시인이다."*

* 『은유의 힘』, 장석주, 다산책방, 2017, p. 41

나는 세상의 온갖 만물과 사랑에 빠질 만한 인물도 못 되고 천 개의 눈이 생긴다고 지금까지 안 보이던 기쁨을 볼 수 있을지도 확신이 없었다. 내가 분명하게 알게 된 건 어떤 문장은 자신이 어떤 사람인가를 다시 한번 확실히 깨닫게 해준다는 사실 뿐이었다.

그날 이후 시를 쓴다는 생각은 거의 안 하고 매일 시 한 편씩을 읽는다.

4장

매일 깊고
넓어지기를 바라며

거부했던 책을 받아들일 때,
마음의 준비가 없이 어떤 책이 혹 들어왔을 때,
내게 맞지 않는 책이라고 밀어놨던 책이나
완전히 엉뚱한 책이라서 아예 눈 밖에 있던 책을 읽었을 때
책 읽기의 재미가 더 커졌다.

사랑을 맡겨둔 사람처럼

―『엄마를 부탁해』신경숙―

오래전에 나온 소설을 읽은 사람들에게 물으니 다들 좀 비슷한 이유로 싫증이 난다고 말했다. 가난하거나 외로움에 침잠하는 여자들이 나오고 그 여자들이 가족관계에 자유롭지 못한 모습이 보기 싫다고. 아무래도 시대가 달라진 탓이리라.

바야흐로 쎈 캐릭터의 시대다. 말하자면『체공녀 강주룡』의 강주룡 같은 캐릭터를 좋아하는 것 같다. 우리나라 최초로 고공 농성을 한 노동자 강주룡은 박력 넘치는 여성이다. 특유의 평양 사투리도 걸크러시를 표현하는 데 한몫

했다. 요즘은 그런 박력이 먹히는 시대다. '나를 따르라!' 외치며 선봉에 서면 '히힛! 언니 멋져요!' 하면서 쫄래쫄래 따라가고 싶은 여자가 나오는 소설이 인기가 있는 이 시대에 『엄마를 부탁해』라는 제목만 듣고 슬금슬금 뒷걸음질 친다면 잠시만요…… 하며 질척거리고 싶다.

책을 읽다 보면 어렸을 때의 어느 날 어느 순간이 떠오를 때가 있다. 프루스트 효과처럼 무의식에 묻혀 있던 뭔가가 되살아나는 느낌이다. 그 기억들이 나를 자꾸 뒤쫓아 신경숙 작가의 여러 논란을 뒤로하고 독서모임 책으로 정했다.

엄마가 미안하다고 말하면서 또 지키지 못할 약속을 했다. "네가 아기를 낳으면 엄마가 똥도 닦고 기저귀도 갈아줄게." 엄마는 내게 이미 열두 살짜리 딸이 있다는 걸 기억하지 못하고 당신의 엉덩이를 닦는 나에게 같은 말을 반복했다. "네가 아기를 낳으면 엄마가 똥도 닦고 기저귀도 갈아줄게." 나는 눈물을 목으로 삼키며 말했다.

"엄마는 맨날 뭐가 그렇게 미안해?"

뇌졸중으로 기억의 일부를 잃고 인지능력도 떨어진 엄마는 몸이 굳어 혼자서는 앉을 수도, 누울 수도 없었다. 투병 생활이 길어지면서 엄마는 간병인의 눈치를 보고 미안하다는 말을 달고 살았다. 기저귀를 했으니 괜찮다고 마음 편하게 볼일을 보라고 해도 내가 올 때까지 용변을 참았다. 미안하다면서 아무 때고 나만 찾았다. 엄마가 찾는다는 간병인의 전화를 받으면 일을 하다가도 병실로 달려갔다.

간병인이 자리를 잠깐 비울 때면 엄마는 단축 번호 1번을 눌렀다.

"지금 올 수 있어?"

"지금 와"가 아니었다. 엄마는 항상 전화 너머의 상황을 살피는 것 같았다. 나는 엉덩이에 욕창이 생기지 않았나 이리저리 보면서 엄마의 몸에 비누를 문질렀다.

엄마가 어떤 사람이었는지 어떤 소녀였는지 무엇을 꿈꾸며 청춘을 보냈는지 나는 모른다. 그래서 엄마가 엄마이기 전에 여자라는 것도 누군가의 귀한 딸이라는 것도 잊고 살았다. 그저 나의 엄마로만 인식했다. 엄마도 사람이라는 걸, 슬프고 아프고 기쁘고 행복한 걸 그대로 느낄 수 있는 존재라는 걸, 내가 느끼는 걸 똑같이 느끼는 존재라는 걸 생각하지 못했다.

무너진 삶의 끝자락에 간신히 매달려 있는 엄마에게 자식들을 건사할 용기와 담대함이 없음을 원망했고 억척스럽게 생선을 팔아 친구에게 메이커 신발을 사주는 친구의 엄마를 부러워했다. 엄마 역시도 자신의 인생이 그렇게 흐를 줄 알았겠나. 원했든 원하지 않았든 상황과 환경이 그렇게 된 걸. 이미 생지옥인 삶, 위태롭게 흔들리는 촛불처럼 하루하루 꺼져가는 자신의 삶을 바라봤을 엄마에게 자식은 별다른 위로가 되지 못했다.

엄마가 곁에 있을 때 나는 엄마를 이해하려고 노력하지 않았다. 오히려 저렇게 살지 말아야지, 엄마같이 인생을 망치지 말아야지, 내가 아이를 낳는다면 엄마랑 반대로만 하는 엄마가 되어야겠다고 생각했다. 말하자면 나는 엄마에게 잘난 척만 하는 재수 없는 딸이었다. 엄마가 나를 더 사랑하는 약자라서 엄마가 나한테 더 많이 해줘야 한다는 생각을 은연중에 했다. 그리고 사랑을 마치 맡겨놓은 것처럼 처음부터 내 것이었던 것처럼 뻔뻔하게 굴었다. 엄마니까 주는 게 당연하고 엄마니까 책임지는 게 당연하고 엄마는 엄마라는 이름이기에 무조건 퍼주는 게 당연한 거라고.

엄마의 사랑을 내 편의에 맞춰 이용하고 닥치는 대로 써버렸다. 엄마 거는 다 내 거였다. 엄마는 나를 위해 존재하는 사람이라고 여겼다. 없어도 주고 있어도 주고 어떤 날에는 없는 걸 만들어서라도 주는 사람. 딸이 더 달라고 하면 망설이지 않고 기꺼이 내어주는 엄마인데 나는 그 사랑을 가볍게 생각했다. 집이 싫어서 말없이 외박하고 들어와도 엄마는 내가 집을 나가기 전과 똑같은 모습으로 받아줬다. 알고도 당하고 모르고도 당했던 내 엄마. 알고도 속아주고 모르고도 눈감아줬던 우리 엄마. 그렇게 자식에게 퍼주다 못해 뜯긴 엄마는 이제 내 곁에 없다. 대신 딱 너 같은 딸 낳아서 키워보라던 엄마의 말처럼 나 같은 딸을 낳았다.

딸과 엄마의 끈질긴 애착 관계를 현실감 있게 그려낸 비비언 고닉의 『사나운 애착』에는 이런 말이 나온다. "엄마가 뭘 알아? 아무것도 모르지. 아무것도 모르는 사람만 엄마처럼 말해."* 신경숙의 『엄마를 부탁해』를 읽고 모인 열 명의 딸은 그날 한 사람도 빠짐없이 "엄마가 뭘 알아? 모르면 가만히나 계셔"라는 말을 했다면서 눈물을 흘렸다. 그날 집으로 돌아오면서 아무래도 책 선택을 잘못했다고 생각했다. 눈물바다였다. 그 공간에 있던 모르는 사람들이 우리 자리를 힐끔거릴 정도였다. 불과 얼마 전 엄마를 보내드린 구성원이 있다는 걸 잊고 있었다. 미안했다. 그러나 책 선택은 몇 달 전에 투표로 한 것이니 내 잘못만은 아니다. 먼 훗날 구성원 누군가가 이 책을 독서 목록에 또 넣으면 그때도 한마음으로 이 책을 선택할 거라는 걸 나는 안다.

* 『사나운 애착』, 비비언 고닉, 노지양 옮김, 글항아리, 2021, p. 114

당신은 어떻게 관찰자가 되었나요?

-『동물원에 가기』* 알랭 드 보통 -

프랑스 작가라고 하면 『슬픔이여 안녕』을 쓴 사강이 가장 먼저 떠오른다. 얼마 전 우연히 유명 연예인이 운영하는 서점에 들렀다가 서점 베스트 10에 오른 『브람스를 좋아하세요』를 보고는 요즘 젊은 사람들에게도 사강의 인기는 여전하구나, 생각했다.

사강은 배우처럼 예쁜 얼굴을 하고 발 디딜 곳이 못 되는 카페에 드나들면서 담배를 피우고 위스키를 마시며 재즈를 즐겼다고 한다. 요트 사고를 당한 사강은 병상에 있던 중 심심풀이로 6주 만에 소설 『슬픔이여 안녕』을 쓴 천재다. 우리 때만 해도 프랑수아즈 사강의 『브람스를 좋아하세요』라는 소설은 브람스와 사강이 무슨 연관이라도 있는 듯한 착각을 불러일으키며 유명해졌었다.

아직 부모로부터 정신적 독립은커녕 용돈이 끊길까봐 전전긍긍하며 지냈던 나로서는 열여덟 살에 혼자 살며 일찌감치 술과 담배와 남자에 빠졌던 사강이라는 여자가 신기하기만 했다. 『슬픔이여 안녕』을 읽은 후에는 프랑스 애들은 조숙하다 못해 발랑 까졌다고 생각했다. 그녀는 "모르는 것은 쓸 수가 없다. 느끼지 못하는 것도 쓸 수가 없다. 체험하지 않은 일은 쓸 수가 없다"고 말했다. 나는 사강의 그런 당당하고 솔직한 모습에 어떤 경외감 같은 걸 느꼈었다. 그러나 사강이라는 인물에 대한 호기심에 비하면 그녀가 쓴 소설은 내게 (좀 조심스럽긴 한데) 솔직히 하이틴로맨스 그 이상도 이하도 아니었다. 사강의 소설에 빼어난 심리 묘사가 있다고들 하는데 어지간한 로맨스 소설에도 그 정도의 심리적 묘사는 흔하지 않나 싶다.

얼마 전까지도 나는 알랭 드 보통이 사강과 같은 국적의 프랑스 사람이라고 생각했다. 자세히 알고 보니 그는 스위스에서 태어나 영국에서 자란 스위스계 영국인이었다. 아무래도 이름에서 프랑스어 분위기가 나서 생긴 오해였다.

내 젊은 시절의 사강처럼 요즘에는 알랭 드 보통과 함께 십대와 이십대를 보낸 젊은이가 많은 것 같다. 그만큼 보통은 한국 독자들에게 친숙한 작가다. 얼마 전 자주 방문하는 서점에서 평소에 친분이 있는 편집자를 만났다. 그때 편집자가 물었다. 작가님은 "알랭 드 보통의 소설을 좋아하시나요?" 그런 질문은 늘 대답하기 어렵지만 이번만큼은 쉽게 대답했다. 나는 보통이 하는 말이 무슨 말인지 도통 모르겠노라고. 나는 그가 쓴 책을 읽으면 읽을수록 그가 보통 사람이 아니라는 사실만 확인하는 기분이 든다고 말했다.

그의 책을 읽고 나면 이 책 안에 언급된 온갖 철학자와 화가와 작가가 알고 싶어지는 건 사실이다. 이를테면 플로베르의 책들, 에드워드 호퍼의 사진집, 레너드 코언의 음반들. 보통 씨가 보통 이상으로 좋아하는 음악, 영화, 그림 등등 다양한 분야에 호기심을 일으키게 한다. 그는 호기심에 불을 붙이는 마른 성냥이다. 신기한 일은 알랭 드 보통이라는 작가에 대한 열정만은 타오르지 않고 금방 식는다는 사실이다. 그래서인지 언제부터인가 나는 보통이 새 책을 냈다는 것도 모르고 지낸다.

보통은 주변 상황을 관찰하는 기술자다. 철학적인 부르주아 작가이면서 도시적이고 세련된 사색가다. 그가 쓴

『여행의 기술』이나 『프루스트를 좋아하세요』*『키스하기
전에 우리가 하는 말들』*을 읽은 독자라면 그의 언어에서
깨끗하고 세련된 도시의 공원이나 야외 테라스가 있는 유
럽의 아름다운 카페를 떠올릴 것이다.

　　그는 대개 어디를 여행 중이거나 산책 중이거나 관람
중이다. 왠지 부르주아 냄새가 난다. 그가 만나는 사람들
도 마찬가지로 세련되고 교양이 넘친다. 그가 머무는 공간
은 번잡하지 않으며 그는 적당한 간격을 두고 무언가를 관
찰하며 글을 쓴다. 그의 관찰은 기차에서 사과주스를 먹는
아가씨의 표정 하나까지 세심하게 다룬다. 아마 보통은 감
각이 촉수처럼 예민한 사람일 것이다. 그는 지금도 조용하
고 아늑한 어딘가에서 독서를 하고 또 누군가를 관찰하고
있을지 모른다.

　　그는 남들이 지루해서 견딜 수 없는 것을 사랑하는 일
에 몰두한다. 그러면서도 무심한 표정을 짓는다. 혼자서
조용히 여행을 떠날 계획이라면 알랭 드 보통의 책을 두어
권 들고 갈 것을 조심스럽게 권한다. 아마도 보통과 고급
스러운 대화를 나눌 수 있을 것이다. 한 권은 『여행의 기
술』이고 나머지 한 권이 얇은 이 책 『동물원에 가기』*다.
여행할 때 들고 갈 책이기 때문에 독서모임에서는 읽지 않
았다. 어느 보통날 나도 테라스가 있는 카페에서 알랭 드

보통과 단둘이서 이야기하고 싶다.

그때 물을 것이다. 당신은 어쩌다 관찰자가 되었는지. 이봐요. 보통씨! 에드워드 호퍼에 대해서라면 나도 좀 압니다만, 하고 말을 걸려면 영어부터 다시 배워야겠다.

혹시나 하는 마음에 알랭 드 보통을 읽을지 말지 투표한 적이 있다. 결과는 딱 반반이었다. 너무 좋거나 너무 싫거나, 호불호도 강하게.

* 보통의 책은 복간 이전에 처음 국내에 번역 출간되었을 때의 제목으로 표기했다.

이해 불가가
이해 가능이 되는 때가 찾아오면

─『설국』가와바타 야스나리, 『무진기행』김승옥 ─

"국경의 긴 터널을 지나니 설국이었다." 『설국』을 끝까지 읽은 사람보다 『설국』의 이 첫 문장을 아는 사람이 더 많을 것이다. 어쩌다 일본 문학 이야기가 나오면 예전에 읽었다고 읊어대는 구절이기도 하다. 일본에서 눈이 제일 많이 내리는 지방이라고 알려진 홋카이도보다도 눈이 더 많이 내린다는 니가타. 거기엔 스키장이 60군데나 있단다. 책으로 여행을 시작한다. 니가타현의 온천에 몸을 담근 여행자는 굳이 아등바등할 이유가 없다. 여행자답게 좀 더 친절하고 느긋한 사람이 되려 애쓸 뿐이다. 그러면서 소설에 더 가까이 다가간다.

읽다 보니 책은 역시 이상하고 아이러니하고 부조리한 물건이라는 생각이 든다. 종이 다발 위에 글자를 늘어놓은 이것이 대체 무엇이길래 사람들을 울리고 웃기고 심각하게 하고 우울하게 만드는지. 적금을 깨 소설 속 장소로 여행을 가는 사람이 있는 것만 봐도 책은 묘한 물건이다. 슬며시 휴대전화를 꺼내 사진을 찍은 다음 인스타그램에 올린다. 그 아래 해시태그를 쓴다. #설국 #가와바타야스나리 #니가타. '좋아요'를 많이 받을 수 있으려나……. 생각해 보니 책만큼이나 이런 행동도 아이러니다.

이번 책 어땠어요? 독서모임의 공식 질문이다. 누군가의 입에서 긴 한숨이 새어 나왔다. 무슨 내용인지 감을 못 잡아서 여러 번 읽었어요. 묘사가 시적인 느낌은 있는데 대체 무슨 이야기가 하고 싶은 건지…… 한다. 세밀하게 발견하지 않으면 무심코 지나칠 수 있는 은유와 묘사가 나역시 힘들었다. 절제된 결핍이 보이고 감정의 과잉도 느껴지는데 설명하기는 또 어렵다. 군데군데 비어 있는 여백은 당황스럽고 일본어가 지닌 독특한 운율과 문체도 낯설었다. 불안과 두려움이라는 심리적 기제를 여기저기 교묘하게 숨겨놓아서 찾아내느라 머리가 아팠다. 그러면서도 소설 속의 주인공과 더불어 어둑하고 긴 터널을 지나 막 눈

부신 은세계로 진입하는 듯한 기분은 들었다. 등장인물의 사소한 표정의 변화나 말투, 동작에서 감정의 흐름을 읽어내고 주변의 사물과 자연이 드러내는 계절의 추이를 섬세하게 묘사해내는 가와바타 특유의 감각적 표현과 문체의 결을 음미하는 게 『설국』을 읽는 즐거움이라는 어떤 평론가의 말은 잘 새겨들었다.

아무리 노력해도 읽히지 않는 책이 있다. 그럴 땐 책을 치워버리고 잊어버려도 되지만 나는 그게 또 맘 같지 않았다. 이상하게도 더 읽고 싶어서 오기가 생겼다. 그런 이유로 공부하듯 노트에 내용을 옮겨적고 주석을 달아가며 읽은 책이 몇 권 있다. 등장인물의 행동이며 내용 전개에 이상한 면이 있어서 읽다가 자꾸 흐름이 끊겼다. 그 이유를 알 수 없어 내용을 분석하고 이해하기 쉽게 그림도 그렸다. 책을 이렇게까지 읽을 필요가 있을까? 문득 현실 자각이 찾아오곤 했지만, 성격상 쉽게 포기가 안 됐다. 책이라고 해서 다 같은 책이 아니다. 사람마다 성격이 다르고 언어나 행동 방식, 가치관이 다르듯 책도 마찬가지다. 한 번 읽고 마는 책이 있는가 하면 여러 번 읽어야 이해가 가능한 책도 있다. 가끔은 내용을 옮겨 적으며 공부하듯 읽어야 제 맛인 책도 있다.

『설국』처럼 주인공이 얄미워서 읽기 싫은 책이나 관심이 없는 작가여서 안 읽은 책, 지나치게 난해해서 또는 압도적 분량에 질려서 멀리했던 책 중에서 이외의 소득을 얻은 책이 있다. 로베르트 무질의『특성 없는 남자』와 마르셀 프루스트의『잃어버린 시간을 찾아서』다. 무질의 책은 한마디로 제목처럼 특성이 없었고 프루스트의 책도 역시 책을 읽으며 잃어버린 내 시간을 영영 찾을 수 없을 것 같아서 억울했다.

나에게만 해당되는 이야기일지 모르겠는데 처음에는 이 두 책에서 어떤 것도 기대할 게 없다는 느낌이 들었다. 책을 읽으면서 이미 죽은 작가에게 얼마나 더 이런 식으로 쓸 작정인지, 도대체 어디까지 가려는지 따지고 싶었다. 이해하기 힘들어서 포기할까 하면서도 어쩌다 보니 다 읽었다. 한 번에 쭉 나가는 읽기가 아니었고 가다가 멈추고 가다가 멈추고 자주 서성이는 독서였다. 그 후로 책 읽기 태도가 많이 바뀌었다. 거부했던 책을 받아들일 때, 마음의 준비가 없이 어떤 책이 훅 들어왔을 때, 내게 맞지 않는 책이라고 밀어놨던 책이나 완전히 엉뚱한 책이라서 아예 눈 밖에 있던 책을 읽었을 때 책 읽기의 재미가 더 커졌다.

나는 『설국』이 쉽지 않은 소설이라는 평가를 받는 데

기여한 인물이 단연코 시마무라라고 생각한다. 먹고사는
데 어려움이 없고 역마살이 있는 건지 툭하면 집을 나와
온천이나 떠돌고 비교 우위의 상황을 즐기는지 먼저 고백
하는 일 따위는 없는 철저하게 자기 위주의 달콤한 기분만
을 탐닉하는 심각한 왕자병 증세와 자신보다 못한 남의 인
생을 신기할 정도로 치밀하게 관찰하며 몽환적이고 아련
한 감상을 통해 자기 삶에 대한 애착을 지키는 왕재수 캐
릭터. 유산으로 소일하는 사람. 서양무용을 직접 보지도
못하고 잡지 기사와 사진의 번역과 짜깁기에 의존해 무용
평론가 행세를 하는 허무의 대명사. 여자들이 그에게 느끼
는 관심도 헛된 일이라고 치부해 버리는 찌질 대마왕. 일
단 그런 시마무라를 받아들여야 다음 페이지로 넘어갈 수
있다.

　이렇다 할 사건이 일어나지 않는 것도 이 소설의 특징
이다. 기껏해야 시마무라가 묵는 여관방 동백실에서 코마
코와의 대화로 진행되는 이야기는 지루하기 짝이 없다. 그
렇다고 덮어버리기엔 왠지 아쉽다. 어떤 사건이 일어날 것
만 같다. 게이샤와 한방에서 아슬아슬하게 나누는 대화가
묘한 상상을 불러일으키기 때문이다. 시마무라와 코마코
가 은하수를 보던 밤, 갑자기 불이 붙은 고치 창고에서 요
코가 사고를 당하면서 소설은 허무하게 끝난다. 인생이 원

래 허무한 것이라는 것을 알고 읽어도 허무하다. 이야기 내내 흐르고 있는 허무를 산산조각 내는 허무한 결말에 배신감이 일어난다. 사람에게는 어쩌면 필연적인 절대량의 방황이 있을지도 모른다. 너무나 나약하여 지리멸렬한 삶을 살아가던 시마무라가 코마코의 굳건함과 강인함에 생명력을 얻고 인생과 삶을 깨우치게 되었을까. 그랬다고 믿고 싶다.

『무진기행』에도 시마무라 같은 남자가 등장한다. 그는 돈 많은 아내와 살며 출세 가도에 올라섰지만 반복되는 일상에 무기력함을 느끼고 유일하게 안주할 수 있는 고향, 무진으로 떠난다. 시마무라에게 니가타현이 도피처였듯 무진도 그에게 도피처다. 사실 무진은 현실이 아니라 환상일 뿐이다. 소설 속에서 주인공은 현실과 이상 사이에서 끊임없이 대립한다.

무진에서 한 여인을 만나 자신이 희망한 세상과 마주하고 권태로운 일상에서 벗어나고자 하지만 현실을 부여잡아야 하는 삶, 그런 자신을 애써 위안하는 가면의 삶에 굴복하고 만다. 삶의 불안함을 인지하면서도 벗어나기보다는 주저앉으려는 주인공은 서울에 있는 아내의 전보를 받고 현실로 돌아간다.

『무진기행』을 읽으며『설국』을 몇 번이나 떠올렸다. 한 차례도 등장한 적 없지만 시마무라에게도 부인이 있다. 그뿐 아니라 유부남이면서도 게이샤와 감정을 나누는 뻔뻔함까지 있다. 그나마『무진기행』속 부인은 전보를 보낸다는 설정으로 존재감은 있다.

S는 두 소설 속 남자들이 왜들 그렇게 못났는지, 남편들이 방황하는 동안 부인들의 심정이 어땠을지……라고 말하며 고개를 절레절레 흔들었다. 맞아. 맞아. 모두 동의하는 분위기였지만 우리에게도 언젠가는 도피처가 필요할지도 모른다는 건 알고 있었다.

『설국』과『무진기행』은 불편하다는 의견이 다수였다.『설국』은 소설인데 시를 읽는 것 같고『무진기행』은 읽고 있으면 속에서 천불이 난다고 했다. 집을 버리고 나간 두 남자가 가장으로서 너무 무책임하다는 것이다. 처음엔 남자들의 행동이 마음에 안 든다는 목소리가 크지만, 이야기가 길어지면 길어질수록 이해가 된다는 의견이 나온다. 이번에도 역시 남자들의 가출을 이해할 수 있다는 의견이 속속 나왔다. 남자들이 생각보다 스트레스에 취약하고 허무와 불안을 안고 산다는 것이다. 책을 읽으면서 미처 생각지 못한 남자들의 고충을 다시 생각하게 되었다는 사람도 있었다. 그 이야기에 C가 발끈했다. 그럴 줄 알

왔다. 이야기가 여기까지 흐르면 반드시 화를 내는 누군가가 등장한다. 불안은 남자에게만 찾아오냐며 허무는 남녀를 불문한 감정이라면서 허무를 해결하려고 집을 나가는 건 용서할 수 없다며 콧바람을 팽팽 내뿜었다. 분위기가 지나치게 과열되었다. 이때는 내가 찬물을 부어 불을 끌 차례다.

소설을 읽으면 타인의 삶을 간접적으로 경험하게 된다. 그러면서 자신의 한계를 알게 되고 고민하게 된다. 여러 권의 소설을 읽으면 여러 번의 인생 리허설을 하는 셈이다. 직접적인 경험이 불가능해서 간접적인 경험을 하는 것만은 아니다. 주인공이 복잡한 문제에 직면했을 때 그 문제가 과연 어떤 문제인지, 한 발 떨어진 곳에서 문제를 더욱 예리하게 생각하게 되는 것이 간접경험이다. 이를테면 시마무라가 아니라도 시마무라의 심정을 알게 되는 것처럼, 무진에 갈 수 없기에 무진에 관한 책을 읽는 게 아니라 무진에 직접 가보고도 알 수 없는 것들을『무진기행』을 통해 알 수 있는 것이다.

다른 방법이 없어 그늘에 산다

『안녕 주정뱅이』 권여선 -

내 주위에는 술에 관대한 사람들이 많다. 술을 탄산수나 에너지 음료 정도로 생각하는 건 아닌지 의심스러울 정도로 들이붓는다. 그들과 약속을 잡는다는 건 술을 마시겠다는 선언과도 같다. 유명 작가들도 예외는 아니다. 전직 바텐더였던 하루키는 소설 속 주인공의 이름도 조니 워커라고 지을 정도로 위스키를 좋아했고 작품 속에 자신이 사랑했던 술을 끊임없이 등장시킨다. 『노르웨이의 숲』의 주인공 와타나베는 걸핏하면 위스키를 마신다. 여자를 생각하면서도 마시고 야한 영화를 보면서도 마신다.

시인 박인환은 조니 워커 마니아였다. 얼마나 좋아했는지 그가 스물아홉 살의 나이로 요절했을 때 동료 문인들이 관에 조니 워커를 넣어주었다고 한다. 아무래도 위스키와 문학은 떼려야 뗄 수 없는 사이인가 보다. 윌리엄 포크너도 위스키를 열렬하게 사랑한 작가였다. 사랑했던 여자가 다른 남자와 결혼한 뒤 처지를 비관하여 위스키를 마시기 시작했다는데 핑계로 들린다. 인생의 반려자를 보낸 후 술이라는 반려자를 만들었을 뿐이다. 그는 위스키를 매일 1리터 정도 마셨다고 한다. 그러던 어느 날 자신을 떠났던 첫사랑의 이혼 소식을 들었고 두 달 뒤 그녀와 재혼했다. 그녀가 돌아왔으니 술을 끊었을까? 천만에. 끊지 못하고 소설 『내가 죽어 누워 있을 때』를 술에 취해 썼다. 그는 위스키가 약이 된다고 우기며 마셨다고 한다. 유독 잭 다니엘을 좋아했던 그는 심장마비로 죽었다.

위스키를 치료약으로 생각한 작가가 또 있다. 바로 헤밍웨이다. 그는 감기에 걸리면 위스키 더블 샷과 레몬을 섞어 마셨다고 한다. 하나같이 주정뱅이들.

작가 캐롤라인 냅은 『드링킹, 그 치명적 유혹』에 "오늘만이야. 오늘은 너무 힘들었어."* 라고 쓰고 술을 마셨다. 그러면서 그녀는 알코올중독자가 되었다.

* 『드링킹, 그 치명적 유혹』, 캐롤라인 냅, 고정아 옮김, 나무처럼, 2017, p. 18

누구에게나 그런 날이 있는 것 같다. 사람에게 기대
고 싶은 날. 나를 오해하고 비난하고 이용할지도 모를, 그
리하여 나를 슬프게 하고 상처입힐 수 있는 사람에게 마음
을 열어 보여주고 싶은 날. 그러나 결국 그런 사람을 찾지
못해서 술에 기댄다. 술을 목구멍에 털어 넣으며 아무래도
사람에게 말해야만 구할 수 있는 마음이 있는 것 같다고,
아무리 술을 마셔도 채워지지 않는 커다란 공간이 자기 안
에 있다며 슬픈 얼굴로 술을 마시는 사람들이 있다.

　소설 『안녕 주정뱅이』에도 술이 필요한 사람과 사람
이 필요한 술이 등장한다. 술 때문에 관계가 멀어진 사람
과 몸이 망가진 사람, 마음이 망가진 사람이 나온다. 불우
하고 비참한 인물들의 이야기를 읽고 있으니 삶이 꺾여버
린 사람들이 생각난다. 술을 밥처럼 먹는 사람을 나도 조
금은 안다. 마시기 시작하면 일주일 내내 곡기를 끊고 내
리 술만 마시던 사람, 맨정신으로 돌아오는 게 두려워 몸
과 영혼을 술로 희석하려던 사람, 영혼이 빠져나가 헐렁
한 껍데기가 되던 사람, 내면의 결핍을 채우기 위해서 술
을 넣는 사람을 나도 본 적이 있다. 술을 마시는 사람의 눈
동자에는 스러져가는 불꽃이 있다. 어른거리는 불꽃 뒤에
는 기억과 환희와 위험이 존재한다. 그들은 불행한 자신을
스스로 없애려는 사람들이면서 삶이 나락으로 떨어질 수

있다는 사실을 누구보다 겁내는 사람들이다. 그들의 몸은 나무처럼 굳어가고, 호흡이 가빠지고 빠르게 노인이 된다. 뼈에 구멍이 나고 점점 가벼워진다. 한때는 무지개색이던 삶이 빛을 잃는다. 그들은 다른 방법이 없어 그늘에 사는 사람들이다. 나는 꺼질 것 같은 불빛이 위태로워서 그들에게서 눈을 떼지 못하고 자꾸 말을 건다.

R의 아버지는 도배사였다. 그 일로 자식 넷을 공부시키고 경기도에 작은 아파트도 장만했다. 고단한 일을 하다 보니 저녁이면 거의 매일 술을 드셨다고 했다. 자식들 모두 독립시키고 생활에 여유가 생겼어도 술 마시는 습관은 그대로 이어졌고 중년의 나이에 간경화를 앓게 되셨다고 한다. 아픈 아버지의 생신날 처음으로 강원도에 있는 작은 콘도에 갔다. 콘도 로비 한쪽에 오래된 피아노가 있었는데 아버지가 갑자기 피아노로 다가가서 연주를 시작했다는 것이다. 오래전 일이라 어떤 음악이었는지 기억은 없지만 생각보다 잘 쳐서 형제들 모두가 놀랐다. 놀라지 않은 건 엄마 한 사람이었는데 그때 엄마가 말했다. 아빠의 어릴 적 꿈은 피아니스트였다고.

그날 구성원들 모두는 영화보다 더 영화같은 R의 이 이야기에 완전히 빠져들었다. R은 몇 년 전 아버지는 돌아가셨고 지금은 청하라는 술만 보면 청하 두 병이 올라간 반질거리던 접이식 밥상이 생각난다고 말했다. 어느 날 R의 언니가 R에게 쓸쓸하게 말했다고 한다. 아버지가 꿈을 이룰 수 있었다면 술을 덜 마셨을까?

역사 포기자의 잠도 깨우는 책

― 『광기와 우연의 역사』 슈테판 츠바이크 ―

역사책을 읽으면 머리가 아프다. 무슨 거대한 벽에 부딪힌 것 같다. 벽을 밀고 들어갈 용기도 없고 어디에도 그 벽을 깨버릴 도구도 없는 것 같다. 역사 포기자인 나는 풍부한 문학적 감성으로 전기 작가의 새로운 문을 연 슈테판 츠바이크의 『광기와 우연의 역사』에서 어떤 신통한 도구를 받은 기분이다. 저자인 슈테판 츠바이크가 속삭인다. '네가 지금 읽는 거, 사실 다 우연이야. 일이 저렇게 된 이유가 저 인간이 위대해서인 것 같지? 천만의 말씀이야. 쟤 거의 또라이였어'라고 말해주는 것 같다. 역사가 우연이라고? 저 사람은 태평양을 발견한 사람인데? 야만인이라고?

광기와 우연이 합쳐져서 발생한 중요한 사건을 츠바이크는 뛰어난 글솜씨로 보여준다. 운명이라고도 표현할 수 있는 우연은 누군가의 인생을 손바닥 뒤집듯 바꿔버린다. 하지만 그 밑바닥에 있는 집착에 가까운 광기, 긍정적으로 표현하자면 끊임없는 노력과 시도가 없었다면 우연이 일으키는 돌풍은 매우 미미했을 것이다. 인물들이 보여주는 집념의 스케일 자체가 나와 달라서 '이 사람들 뭐지? 이 인간들 정말 미쳤네' 하고 놀라는 재미가 있다. 위대한 사람들도 한 치 앞을 내다보지 못하는 건 마찬가지였지만 광기로 실패를 뚫어버리는 인물도 있다. 그렇다면 여기서 의문. 광기라는 게 도대체 무엇일까?

광기는 미친 듯이 날뛰는 기질을 속되게 이르는 말이다. 광기 있는 사람은 그 미친 기질이 한 방향으로만 향하는 사람일 것이고. 한쪽으로 치우친다는 건 대개 치명적인 결과를 불러온다. 성공 아니면 실패, 죽음 아니면 삶의 문제다. 둘 중 하나를 결정해야 하는 게 운명이고 운명은 우연과 세트로 움직인다.

거의 건달이나 다름없는 빚쟁이 발보아는 사실 돈 떼먹기를 시전하기 위해 배를 탔다. 어쩌면 위대한 신대륙 발견은 빚 때문에 시작된 것일지도 모른다. 그 후로, 발보

아는 실제로 신대륙을 발견하지만 실상을 들여다보면 약탈과 살인으로 이룬 업적에 불과하다. 저항도 못 하는 포로들을 그레이하운드에게 던져줬다니 그 잔인함은 말해 뭐하나. 추장 딸과 결혼까지 하면서 높은 위치에 섰지만 새로운 책임자를 파견한 영국 왕실에 의해 죽임을 당하고 탐험대 동료인 피사로에게 정복자의 영광을 빼앗긴다. 역사의 기록에는 다 된 밥에 숟가락만 얹은 피사로의 이름만 남았는데 그에 대해 안타까워하는 츠바이크의 시선이 인상적이다.

서부 개척 시대, 무질서가 판을 칠 때 재산을 지키지 못하고 비극적으로 살다 간 서터를 생각하면 정말 어이가 없고 안타까운 마음을 표현할 길이 없다. 총과 주먹으로 무장한 무법자들은 서터의 농장에 침입해 자기들이 살 집을 짓는다. 서터는 하루아침에 세계 최고의 부자에서 최고의 거지가 된다. 장난보다 더 장난 같은 인생의 곤두박질이다. 결국 정신이 혼미한 채 자신의 권리를 주장하며 워싱턴 법원의 주위를 맴돌다가 국회의사당 근처에서 심장마비로 목숨을 잃는다. 그야말로 운명의 장난이고 인생무상이다.

열두 편의 단편으로 구성된 이 책은 태평양을 처음 발

견한 건달 발보아부터 잔혹한 정복자 마흐메트 2세와 레닌, 나폴레옹, 괴테, 도스토옙스키, 톨스토이, 스콧에 이르기까지 서양사의 전기(轉機)를 마련한 인물들의 삶을 당시의 시대상과 함께 생생히 조명한다.

츠바이크는 전기를 쓸 때 승리자보다는 도덕적으로 우월한 패배자 관점에서 쓰는 것으로 유명한 작가다. 역사적으로 중요한 시기에 중요한 역할을 한 인물들의 고뇌와 시대상, 배경을 살아 숨 쉬는 듯한 생생한 필체로 묘사한다. 책에는 슈테판 츠바이크만의 유려한 문체로 비유법과 과장법이 재미있게 동원된다. 그래서일까. 다 읽고 나면 안타깝게도 등장인물보다 츠바이크가 한 말이 더 기억에 남는다. 주인공보다 더 멋있는 대사를 읊는 슈테판 츠바이크는 등장인물을 지워버리는 마법을 부린다. 여러 명의 주인공이 등장하는 책을 쓰더라도 자신의 목소리만을 각인시키는 특기는 작가로서 장점일까 단점일까.

생생한 인물평전을 쓰기 위해서는 과거의 사실뿐 아니라 현시대의 상황에도 정통해야 한다. 그래서 전기를 쓰는 작가는 통찰력 있는 심리학자여야 한다는 말이 있다. 해독하기 힘든 과거의 사건을 맞추기 위해서는 상상력을 활용해야 하고 여러 개의 사건 중 무엇이 진실에 가까운지 구분할 줄 알아야 한다는 것이다. 그것이 바로 심리적 통찰력인데 츠바이크야말로 그 부분에 천재적인 능력자인 것 같다. 세세한 묘사를 통해 당시 군사들의 심리 상태나 대치 상황을 생생히 재연했다. 역사적 사건이나 주변 사실을 얼마나 잘 이해해야 이와 같은 묘사가 가능한지 경이로움이 느껴질 정도다.

예전부터 나는 수학보다 역사가 더 싫었다. 수학 시간에는 선생님 몰래 졸았지만, 역사 시간에는 아예 책상에 엎드려 잤다. 『광기와 우연의 역사』는 그런 내게 신석기 시대와 페르시아 제국에서 멈춘 진도를 넘어설 수도 있겠다는 자신감을 주었다. 능력자 슈테판 츠바이크도 자신의 운명을 이겨낼 수는 없었던지 우울증을 겪다가 부인과 동반 자살했다고 한다. 그에게는 어떤 광기의 역사가 있었던 걸까?

『광기와 우연의 역사』는 독서모임 책으로 좋다. 할 이야기가 무궁무진하기 때문이다. 역사적 인물을 각각 한 명씩 맡아서 탐구하고 발표하는 것도 재미있고 측은지심이 발동하는 인물이 있다면 그의 대변자가 되어보는 것도 즐거운 경험이다. 식민지 개척의 역사를 위대한 발견이라고 생각했다면 이 책을 읽은 후에는 인식의 변화가 생길 수 있다. 책은 시종일관 위대한 순간을 만든 사람이 꼭 대단한 인물이 아닐 수도 있다는 걸 알려준다. 그런 모순이야말로 독서모임을 풍성하게 만드는 재료다. 지금까지 의심의 여지가 없다고 여겼던 생각에 균열이 생긴다는 건 좋은 책을 읽었다는 증거다.

우리가 이 소설을 읽는
마지막 세대가 아니길

-『토지』박경리 -

독서모임에서 『토지』를 읽기 시작한 지 6개월째다. 지겨워서 빨리 끝내고 싶은 마음뿐이라고 구성원 중 한 사람이 말했다. 안 그래도 그런 말이 나올까 봐 조바심이 났는데 막상 지루하다는 말이 나오니 미안한 마음이 고개를 들었다. 중간에 다른 책으로 갈아탔어야 했나? 그러나 이번만큼은 끝을 보고 싶었다. 무슨 이유인지 모르지만, 이번 기회를 놓치면 다시는 『토지』를 완독할 수 없을지 모른다는 생각이 들었다.

독서모임에서 『토지』 전권을 읽는다는 건 개인적인 욕심일 수 있었다. 나는 『토지』는 잘 모르고 박경리는 그나마 조금 아는 사람이었다. 별당 아씨가 야반도주하는 대목은 스무 번도 넘게 읽었고 20권 중 10권 정도까지 읽으면 무슨 습관인 것처럼 멈췄다. 언젠가는 끝을 봐야 하는 숙제 같은 책. 내게 『토지』는 그런 책이었다. 『토지』는 다 안 읽었지만 소설을 쓴 작가가 박경리라는 건 대한민국 사람이면 다 아는, 『토지』와 박경리는 어떤 상징 같았다.

한 작가가 40대에 쓰기 시작하여 60대 후반에 완성한 이 작품은 문자 그대로 '필생의 역작'이다. 26년 동안 5부 16권의 대작을 완성한 작가의 집념은 역사상 그 유례를 찾아볼 수 없는 치열한 작가정신의 표현이다. 마로니에북스에서 발간한 『토지』의 표지를 물끄러미 바라보며 생각한다. 사람들이 죽기 전에 한 번은 읽어야 할 책으로 여기지만 죽기 전까지 다 읽지 못할 만큼 긴 소설을 박경리 선생은 왜 썼을까. 그 정도로 긴 소설을 쓰려면 몸이 얼마나 망가질지 나는 짐작도 못 하겠다. 말하자면 긴 소설은 머리가 쓰는 게 아니라 몸이 쓴다. 『토지』는 몸을 관통한 문학이며 잔재주를 부리지 않는 노동 문학이다. 작가는 『토지』에서 무엇을 말하려고 그토록 길고 긴 소설을 썼을까? 그 답은 책 속 인물, 연해주로 독립운동을 떠나기 전에 최치수를 찾아온 이동진이 '산천'이라는 단어로 대신 말했다.

　그러니까 박경리 선생은 산천을 위해서 『토지』를 썼다는 말이 된다. 그렇다면 산천이라는 게 무엇일까. 문학 평론가 김윤식 선생도 『토지』 속에 등장하는 '산천'이라는 단어의 상징성에 대해 말한 적이 있다. 선생은 정치사상이나 민족주의와 같은 이데올로기는 물론이고 그 시대를 관통한 모든 개념을 뛰어넘는 무언가가 그 산천이라는 단어에 있다고 말했다.

　『토지』는 개인사, 가족사, 생활, 풍속, 역사, 사회, 온갖 잡동사니를 담고 있다. 여기에는 양반부터 노비에 이르기까지 모든 계급을 망라한 우리네 삶의 모습이 재구성되어 있으며, 별의별 인물과 별의별 성격들을 재현하고 창조함으로써 인간사의 모든 걸 모아 거대한 그림을 그려 보여준다. 구한말부터 일제강점기를 거쳐 광복에 이르는 험난한 역사적 흐름을 조망하고 언어가 창조할 수 있는 삶의 모습을 파노라마처럼 펼쳐놓았다. 따라서 『토지』에 대해 짧게 말하는 건 무의미할 수 있다. 가치만 가지고도 마땅히 최상급으로 존중받아야 할 소설이다.

　독서모임의 구성원 B가 말했다. "어쩌면 우리가 이 소설을 읽는 마지막 세대가 될 것 같아요." 나도 언젠가 비슷한 생각을 했었다. 이렇게 가다가는 글자는 사라지고 영상만 남는 세상이 될 것 같아서 씁쓸한 마음이 든다. 자기가 읽는 책과 글이 자기의 내면을 만들고 눈빛을 빚는다는 걸 아는 사람들이 많아졌으면 좋겠다. 며칠 전 SNS에서 『토지』를 읽는 사람을 우연히 발견했다. 반가운 마음에 프로필을 보니 우리 독서모임 구성원이었다.

『토지』를 읽으며 박경리 선생의 다큐멘터리를 봤다. 선생은 주름진 손으로 마당에 고추를 널고 있었다. 소일거리로 고추 농사를 하시냐는 질문에 펄쩍 뛰시며 농사는 소일거리가 될 수 없다고 그래도 고추 농사는 내가 박사라고 말씀하셨다. 고추를 너는 구부정한 선생의 뒷모습에서 외로움이 느껴졌다. 어느 차가운 밤에는 세상 끝에 혼자 남은 것 같아 무섭기도 했지만, 글을 쓰며 그 시간을 버틸 수 있으셨다˚는 선생의 말이 귓가에 울리는 것 같았다.

박경리 선생은 2004년 『토지』 완간 10주년을 기념해 진행한 한 잡지사의 인터뷰에서 삶에 대한 물음에는 끝이 없다며 그 물음에 끈질기게 몰두하다 보면 결국 확실한 것은 '모른다'는 것뿐이라고 하셨다. 방대한 분량의 소설을 써낸 노년의 소설가도 인생에서 모른다는 말만 확실한 것이라고 했다니 아무것도 모르고 더듬더듬 살고 있는 내게 이보다 큰 위안은 없다. 자신이 알고 있는 것만이 진실이라고 믿으며 편을 갈라 싸우는 이들이 많은 요즘, 작가의 모른다는 말이 그 어떤 확신보다 훨씬 지혜롭고 품위 있게 느껴진다. 시대를 뛰어넘어 세상과 인간을 탐구하고, 삶을 통찰하는 작가에게 답을 구하고 싶다. 박경리 선생이 남긴 말이 따뜻한 솜이불처럼, 지치고 퍽퍽해진 마음에 스며든다.

* 『버리고 갈 것만 남아서 참 홀가분하다』, 박경리, 마로니에북스, 2008, pp. 15~16

『토지』의 진입 장벽이 높은 이유 중 하나는 사투리 때문이 아닐까. 도통 무슨 말인지 이해가 안 돼서 번역기를 돌리고 싶다는 사람이 독서모임에도 있다. 누구에겐 사투리가 외국어로 들린다지만 인간성을 이야기하는 글에는 잘 어울린다. 박경리의 소설은 특유의 따뜻함이 있다. 고난 속에서도 결국엔 삶을 긍정하는 정신과 끈질긴 생명력이 느껴진다.

반면에 김훈의 글은 간결하고 미려하다. 문장이 벌떡 일어나 나의 폐부를 깊이 찌르는 것 같다. 김훈의 소설에 나오는 인물을 지켜보면 한없이 마음이 무거워진다. 마지막 장을 덮으면 참담하다는 생각이 들 때도 있다. 무서울 정도로 잘 쓴 소설이지만 읽고 나면 힘들다.

나는 김훈의 글을 좋아하지만 무언가 부족함을 느낀다. 그게 무엇인지 찾지 못하다가 성석제의 소설을 읽으며 깨달았다. 그는 소설가의 직무에 충실한 작가다. 여기서 말하는 직무는 재미있게 쓴다는 뜻이다. 그의 글은 헐겁게 묶인 보따리를 풀어버린 것처럼 줄줄줄줄 흐른다. 성석제의 소설을 읽지 않은 사람에게 그의 소설이 얼마나 탁월한지 설명하려다 포기한 적이 몇 번 있다. 너무나 독창적이라 평범한 말이나 내 짧은 표현력으로는 설명이 안 된다. 스펙터클과 반전이 없는데 쫄깃하다. 유쾌하고 명랑한데 깊다. 성석제의 소설을 처음 접하면 '애걔! 고작 이런 얘기라고?' 하는 생각이 든다. 그런데 고작 그런 이야기가 성석제가 쓰면 완전히 다른 이야기가 된다. 성석제가 원하는 일은 아니겠지만 그는 다른 소설가들의 기를 꺾는다. 나 따위는 소설가로서 재능이 없어, 하며 구석에 가서 몰래 울게 하는 작가임에 틀림이 없다.

소설을 읽고 나면 우리 열 명은 부드러운 모래를 깔고 그 위에 동그랗게 앉는다. 서로의 얼굴을 유심히 바라보며 대화하는데 헤어져 집으로 오면 열 명의 얼굴은 사라지고 작가의 목소리만 남는다. 어떤 작가는 다음 독서모임 날까지 계속해서 말을 걸 때도 있다.

그럼에도 불구하고 소설을 읽는 사람은 줄었다. 빠르게 변하는 세상 속에서 사람들은 텍스트가 없는 콘텐츠에서 재미를 찾고 있다. 사유나 감동은 굳이 추구하지 않는 것 같다. 소설에 대한 작가의 지극한 사랑을 김훈과 박경리와 성석제에게 느낀다. 사람들의 관심사에서 소설이 조금 밀려났으나 중심에 있지 않다고 가치가 낮아지는 건 아니다. 눈길을 덜 받는다 해도 소설의 가치는 사라지지 않는다. 언젠가는 소설이 다시 조명받을 날이 분명 올 것이다. 소설을 사랑하는 사람들은 그 사랑하는 것을 지켜낼 것이다. 우리 독서모임의 구성원들처럼 말이다. 소설가는 소설을 지키고 우리는 소설을 지킨다.

같은 책 다른 이야기

-『춘향전』-

　<이십세기 힛-트송>이라는 프로그램이 있다. 제목 그 대로 옛날 노래를 특징대로 분류해서 들려주는 프로그램 이다. 거기서 틀어주는 노래를 들으면 추억이 귓가에서 방 울방울 터진다. 그 방송을 처음 주목하게 된 이유는 노래 를 분류할 때 붙이는 제목 때문이었다. 노래방 기물 파손 유발 히트송, 육퇴 후 즐기는 나이트클럽 히트송, 사랑과 미련 사이 애절한 히트송, 미친 고음 끝판왕 고음 대장 히 트송 등 제목만 들어도 무슨 노래를 들려줄까 몹시 궁금해 지고 듣고 나면 누가 지었는지 제목 참 찰떡이다 싶다. 나 는 좋아하는 것들을 순서대로 나열하거나 재미있는 제목

을 붙여 묶어놓은 걸 보면 기분이 좋아진다. 정리라는 행위의 즐거움도 크고 필요한 뭔가를 찾아야 할 때면 분류하길 잘했다는 생각도 든다.

　같은 이유로 책을 나름대로 분류한다. 『춘향전』은 '배우 손호준이 데이트 신청을 해도 거절하고 읽을 책'에 분류되어 있다. 손호준 배우님이 들으면 '이게 무슨 자다가 봉창 두드리는 소리? 이 아줌마 김칫국 먹는 솜씨가 보통은 넘네……' 하겠지만, 이런 것쯤 내 마음대로 하면 어떤가. 담아놓은 책들이 얼마나 재미있을지 단번에 짐작되어서 마음에 든다. 좋아하는 배우가 같이 놀자는데 태평하게 앉아 책을 읽겠다니! 책에 미친 바보라는 조선시대 학자 이덕무에게나 이해받을 행동이라는 것쯤은 나도 안다. 그만큼 『춘향전』이 재미있다는 말이다. 귀여운 폰트로 '배우 손호준이 데이트 신청을 해도 거절하고 읽을 책'이라고 쓴 다음 그 밑으로 『춘향전』이 포함된 책 제목들을 주르륵 나열한다. 오백 장쯤 출력하고 코팅을 한 뒤 낡아빠진 크로스 가방에 넣어서 강남역 사거리에서 일수 대출 광고지처럼 나눠주는 상상을 한 적도 있다.

　독서모임에서 "우리 『춘향전』 읽어요!" 했을 때의 반응은 시베리아 벌판에 서 있는 것처럼 추웠다. 누군 내용이 뻔하다고 했고, 좋은 책도 많은데 왜 하필 『춘향전』인지 의아해하거나, "작가님이 좀 이상한 책을 좋아하는 건 알고 있었지만……" 하고 뒷말을 생략하는 사람도 있었다.

『춘향전』은 의외로 읽은 사람은 거의 없는 책이다. 그 이름만으로도 너무 유명한 책이니까. 『춘향전』에 대해 알려고 하지 않고 안다고 착각한다. 우리 모임에도 드라마나 영화로 본 사람은 있어도 성인용으로 출간된 책을 읽은 사람은 없었다. 당신들은 그동안 다른 나라의 고전은 읽으면서 우리 고전은 왜 등한시했냐며 죄책감을 살짝 건드렸고 춘향이가 대체 어떤 여자길래 이렇게까지 알려진 건지 궁금하지도 않냐고 호기심에 불을 붙였다. 그러면서 민음사의 『춘향전』을 읽은 다음 흥미를 느낀 사람이 생기면(분명히 있을 거다) 이본(異本)을 읽고 우리가 흔히 알고 있는 내용과 뭐가 다른지 알아보자고 했다. 나는 『춘향전』이 독서모임 참여자들을 즐겁게 할 거라는 확신이 있었다.

그동안 다양한 버전의 『춘향전』을 읽었다. 어떤 『춘향전』은 혼자 읽기 아까울 정도였다. 사람마다 재미를 느끼는 대목이나 웃음 포인트는 다르고 우스운 내용이 많은 책을 무조건 재미있다고 말할 수도 없기에 누구에게나 재미있는 책이라고 장담은 못 한다. 다만 이번 『춘향전』 읽기는 책에서 재미를 찾다가 못 찾았으면 책을 내려놓는 게 아니라 재미라는 걸 스스로 만들어보는 체험이다. 재미는 책이 떠 먹여주는 것처럼 보여도 결국 읽는 자신이 만들어 먹어야 한다. 중요한 건 '만든다'는 동사다. 재미를 얻으려면 적어도 도서관의 서고 정도는 뒤지는 능동성이 필요하다는 뜻이다. 기다리지 말고 찾아나서야 한다. 나는 이 책의 재미를 모르겠다는 사람들에게 『춘향전』 이본을 권한다.

사실 방자는 방자가 아니다. 이게 무슨 말인가 하면 보통명사지 고유명사가 아니라는 뜻이다. 방자는 이름이 아니라 방에 딸린 종이라는 의미일 뿐이다. 이몽룡이 툭하면 "방자야!" 하고 부르다 보니 당연히 이름이라고 생각하지만, 방자는 그저 신분의 명칭이다. 말하자면 "이놈아!" 정도로 말할 수 있겠다. 알고 보니 방자는 오만방자하고 괘씸한 놈이었다. 춘향을 소개해 주는 대가로 노비 중에서 가장 높은 자리를 요구하고 이 도령에게 형 노릇을 하려고 한다. 방자의 방자함이 하늘을 찔러서 한낱 방자 놈이 이럴 수가 있는지 어리둥절하다.

성춘향으로 알던 춘향이가 이본인 『남원고사(南原古

詞)』에서는 김춘향이고 성이 아예 언급되지 않은 책도 있다. 아버지가 누군지 확실하지 않은 춘향이의 신분을 생각해 보면 이해가 된다. 꽃같이 예쁘다는데 박춘향이든 최춘향이든 그게 뭐가 중요할까. 미모로 동네에 소문이 자자한 춘향이가 이몽룡을 진정으로 사랑했을지 의문이 든다. 내가 읽은 이본에는 신분상승을 탐하는 개인적인 욕망이 드러나 있을 뿐이었다.

이몽룡의 춘향에 대한 사랑도 순수와는 조금 거리가 멀었다. 그저 욕정에 몸이 달아올라 어쩔 줄 몰라 돌아버린 놈 같았다. 어린 나이에 출세해서 능력 있고 멋있는 것 같지만, 알고 보면 못나빠졌다. 어떤 이본에서는 몸을 벌벌 떨며 방자에게 춘향을 데려오라고 하는데 방자가 머뭇거리자 나중에 방자더러 형이라고 부르고 심지어는 아버지라고까지 하면서 춘향이 집에 자신을 데려가달라고 통사정을 한다.

『춘향전』을 읽을수록 다르게 보인 인물이 변학도다. 변학도는 과연 나쁜 놈일까. 관리들이 교체될 때면 기본적 물품과 관의 살림살이를 꼼꼼히 확인하는 인수인계를 한다. 그리고 그 절차에는 관기도 포함된다. 관기는 지방에 출장을 온 손님을 접대하기 위한 요원이다. 춘향이는 관기는 아니지만 지방관이 부르면 달려가야 한다. 춘향의 아버지 신분이 어떠했든 종모법을 따르는 조선시대에서는 기생인 모친의 신분을 따라 천민이었기 때문이다. 그런데 춘향은 이치에 맞지 않는 소리를 늘어놓으며 지방관인 사또의 수청을 거절한다. 소녀가 비록 천한 몸이나 어려서부터 예법을 알아…… 어쩌고저쩌고하며 지아비가 있으니 수청을 못 들겠다고 말한다. 그야말로 말도 안 되는 망발에 현실도피가 병적인 수준이다. 변학도의 입장에서는 속에서 천불이 날 소리다. 극악무도하다고 소문난 변학도가 조금은 이해가 된다.

나는 아이러니와 부조리에 관심이 많다. 어떨 때는 세상이 아이러니와 부조리가 가득한 상태로 어디론가 움직이는 것 같다. 그 두 가지를 발견하는 재미에 책을 읽기 시작했다고 해도 과언이 아니다. 아이러니와 부조리가 담긴 책은 너무나 많지만 나는 『춘향전』이 그 방면에서 최고가 아닐까 생각한다.

양반에게 기생 딸이 대들고 열여섯 살 된 어린애들이 술을 먹고 29금 에로 영화를 찍는다. 그 시절에는 그러고 살았다고 하기에도 과한 면이 있다. 모든 내용이 잡스러운 것 같은데 곰곰이 생각해 보면 그건 또 아닌 것 같다. 약자 주제에 지방관의 수청을 거절하다니 그야말로 놀라 자빠질 일이다. 열녀인 척하지만, 실제로 정혼한 사이가 아니므로 애당초 열녀라는 말이 성립되지 않는다. 그냥 악을 바락바락 쓰며 억지를 부리는 거다. 남원부사 자제와의 혼인관계도 말이 안 된다. 미안하지만 그냥 놀다가 버려진 신세라는 것이 옳은 상황 판단이다. 공식적으로 결혼식을 한 적도 없고 단지 춘향이 혼자 남편이라고 우기는 거다. 물론 몽룡이 춘향을 버리지 않겠다는 내용을 적은 서약서를 작성해 주었다는 대목이 나오는 이본도 있지만 따지고 보면 이것도 종이 쪼가리에 불과하다.

몽룡은 과거에 급제하고 암행어사가 되지만, 생판 초짜에게는 암행어사를 시키지 않는다고 한다. 적어도 4, 5년은 된 관리가 하는 일이다. 몽룡이 금수저라서? 어찌 암행어사가 되었다 해도, 남원에 내려올 수는 없다고 한다. 자신의 연고지를 피하는 제도가 있어서 요즘 말로 발령이 불가능하다는 것이다. 그러나 이몽룡은 그 어려운 걸 해낸다. 이상한 점은 또 있다. 춘향이가 고초를 겪다가 이몽룡을 만나 정식 부인, 즉 양반이 된 것이다. 파격적 신분 상승이다. 이런 일이 실제로 가능한지 모르겠지만 그렇다고 하더라도 첩으로 삼아도 되는데 무리수를 두면서까지 정실로 들인다는 게 당시의 상황에 비추어볼 때 이해되지 않는다. 그러나 이게 『춘향전』의 묘미다. 이상하고 황당해서 재미있다.

『춘향전』은 그야말로 말도 안 되는 일이 벌어지는 소설이다. 현실에서는 말도 안 되지만 그랬으면 좋겠다는 마음이 가득 담겨 있다. 자신들은 비록 어두침침한 현실에 발이 묶여 있지만 춘향이만은 환상의 세계에 놔두고 싶은 것이다. 거기에서 너라도 행복하라고. 그리고 권선징악의 결과나 고결한 인간의 삶을 보여주는 것이 아니라, 지배자의 악행이 정당화되는 사회는 좋은 사회가 아니라는 메시지를 던져주며, 우리에게 어떻게 세상을 바꿔야 하는가를 알려준다.

나는 그녀가 독립적이고 목소리가 큰 막무가내 성격이라 좋다. 좀 더 독창적이고 개성이 넘실대고 악을 바락바락 쓰며 할 말 다 하고 되바라진 춘향이 같은 캐릭터가 많아지면 좋겠다. 『춘향전』 읽기를 마치니 눈앞에 당당하게 서 있는 춘향이가 보였다. 우리 열 명은 두 팔을 벌려 그녀를 안았다.

덧, 『춘향전』은 독서모임 책, 베스트 5에 기록됐다.

우리에겐 오독할 권리가 있다

― 『백 년 동안의 고독』 가브리엘 가르시아 마르케스 ―

마르케스는 진짜 못 말리는 뻥쟁이다. 지금보다 젊었을 때는 그의 지나친 허풍이 싫어서 그의 책을 읽지 않았을 정도다. 그러다 우연히 마르케스가 "제 인생에 되고 싶은 것은 작가밖에 없어요. 전 그렇게 될 겁니다" 하고 말했다는 걸 알고는 그래 저 정도의 기세는 있어야 뻥쟁이가 될 수 있구나, 생각했고 그에게 관심이 생겼다.

그러던 중 그의 자서전 『이야기하기 위해 살다』를 읽고 그가 왜 그런 마술사적 소설의 대가가 되었는지 알게 되었다. 그는 자서전에서 그가 만든 문학 세계의 토대가 되는 가치관에 무엇이 가장 큰 영향을 미쳤는지 자세하게 풀어놓았다. 외갓집에서 어린 시절을 보낸 그를 키운 건 외할머니와 외갓집 하녀를 비롯한 여자들이었다. 그가 여성들과 제법 사적인 이야기까지 솔직하게 나눌 수 있는 성인으로 성장할 수 있게 된 배경에는 그녀들의 손에서 자란 시간이 있었다.*

한마디로 그의 문학은 여자들과의 수다에서 비롯된 것이다. 『꿈을 빌려 드립니다』에는 여자의 죽음과 실종이 나오고 『내 슬픈 창녀의 추억』은 홍등가에서의 연애 이야기다.

『백 년 동안의 고독』에는 평생 결혼하지 않고 살다가 죽기 이틀 전 자기의 수의를 짜 입고 죽은 여자와 남편이 죽은 후 방문을 닫고 미라가 된 여자가 나온다. 또한 죽은 자와 대화를 나누는 외할머니와 이틀이 멀다 하고 자신의 천막을 드나드는 남자를 바꾸는 여자도 있다. 그야말로 여자 풍년이다. 그러니까 여자들이 마술적 사실주의 대가 마르케스를 만든 거나 다름없다. 끝날 줄 모르고 끝없이 이어지는 작가의 거짓말 세계는 여자와 함께 만든 것이다. 소설이란 쓰는 사람 마음대로 되는 것이 아니라, 소설이 원하는 방식으로 흘러간다고 마르케스가 말했다. 소설을 쓰는 동안 정말 마르케스의 몸에 어떤 여자가 들어오는

지도 모르겠다.

* 『이야기하기 위해 살다』, 가브리엘 가르시아 마르케스 지음, 조구호 옮김, 민음사, 2007, p. 104, p. 107

드디어 독서모임에서 여자와 술과 문학에 자신의 모든 자유분방함을 내맡겼던 작가의 소설 『백 년 동안의 고독』을 읽는다. 몇 달 전 독서모임에서 『그리스인 조르바』를 읽을지 말지 무기명 투표를 했었다. 읽을 책을 정하면서 무슨 투표까지 하냐고 말하는 사람도 있겠지만 나는 누구나 읽기 싫은 책은 읽지 않을 권리가 있다고 생각한다. 무엇보다 독서모임의 구성원이 읽기 싫다는 책을 굳이 읽을 필요는 없으니까.

내가 처음 『그리스인 조르바』를 읽었던 10년 전만 해도 책의 내용이 불편하다고 하는 사람은 거의 없었다. 그런데 최근에 읽은 사람들에게서 들은 후기는 예상 밖이었다. 여성 비하 내용이 많아서 불편하고 조르바의 허세가 보기 싫다는 반응이 많았다. 현시대와 동떨어진 내용은 고사하고 조르바라는 인물 자체가 싫다는 의견까지. 이 정도의 이야기가 나온다면 독서모임을 이끄는 사람으로 고민되는 건 당연한 일이다.

마르케스의 소설도 비슷한 이유로 망설였다. 마르케스의 글은 어떤 면에서 정신 사납고 난잡하다. 숨이 차서

헐떡거리게 된다. 마르케스의 소설은 독자에게 현실에서 일어날 가능성이 희박한 일을 받아들이라고 한다. 그의 소설을 좋아하는 독자들은 그런 전개에 흡수되어 믿기 어려운 일을 자연스럽게 믿게 되는데 그런 방식으로 쓴 소설을 싫어하는 독자들은 그저 온갖 뻥과 구라를 섞어놓은 정신 사나운 이야기라는 생각만 든다. 이를테면 부엔디아 대령의 죽음을 알리러 콘도르들이 밤나무 아래로 내려오고 미녀 레메데오스가 오후 4시에 날개를 달고 천사처럼 하늘을 날아갔다는 이야기나 돼지 꼬리를 가진 아이가 태어나면서 가문이 끝난다는 설정 같은 것이 그렇다.

나는 부엔디아의 가계도를 찬찬히 보면서 마르케스의 뻥을 독서모임 구성원들이 어떻게 받아들일지 걱정스러웠다. 세계 문학사에서 중요한 작품 중 하나로 인정받는다는 점과 노벨문학상을 수상한 작가라는 사실이 오히려 흥미를 떨어뜨릴 수도 있었다(독서모임 구성원들은 노벨상 수상 작가의 책을 그다지 좋아하지 않는다).

독자는 작가가 쓴 책을 마음껏 해석하며 읽을 권리가 있다. 설령 작가가 어떤 의도를 가지고 책을 썼다고 해도 그 의미를 왜곡하며 읽을 권리, 다시 말해 오독의 권리가 있다. 하지만 진정한 의미의 오독은 아니다. 왜냐하면 책을 쓴 사람이 의도를 정답처럼 갖고 있을 때만 잘못 읽었다고 할 수 있기 때문이다. 책을 쓴 사람이 이 세상 사람이 아니니 잘못 읽었다고 말할 사람은 아무도 없다. 그러니까 책을 읽으며 '나만 이렇게 불편한가? 나만 재미없나?' 하는 고민은 할 필요가 없다. 읽다가 불편하거나 도저히 못 읽겠다 싶으면 언제든 책을 덮으면 된다. 마르케스라는 작가에 대해 좋든 싫든 할 말이 많아지는 것만으로 책은 제 역할을 한 거다.

『백 년 동안의 고독』을 읽기 직전 구성원들에게 내가 한 말이다.

고양이와 개가 말을 한다면

- 『섬』『어느 개의 죽음』장 그르니에 -

　중국의 고대 신화에 따르면 신이 세상을 창조한 다음 모든 동물을 관리하고 세상이 바르게 돌아가도록 관리하는 일을 맡긴 존재는 고양이라고 한다. 고양이는 신과 소통하고 다른 동물을 효과적으로 관리할 수 있도록 언어를 구사할 수 있는 능력까지 받았다. 고양이의 다스림 아래 세상은 한동안 잘 돌아갔다. 하지만 고양이는 점차 자신의 임무를 게을리했다. 세상일을 돌보기보다 따뜻한 햇빛 아래 낮잠 즐기기를 더 좋아했다.

　신이 이 문제를 질책하자 고양이 왈 자신은 세상 돌아가는 데 별 관심이 없으며 그저 포근한 풀밭을 뒹굴고 나비를 쫓는 한가로운 일상이 즐기며 사는 게 좋다고 대답했다. 그래도 신은 다시 좀 성실하게 세상을 다스려달라고 부탁했고 고양이는 마지못해 그러겠다고 대답했다. 그러나 타고난 품성 때문인지 또 게으름을 피우더니 결국 자신보다 성실하게 세상을 관리할 다른 동물을 신에게 추천하기에 이른다. 고양이가 신에게 추천한 동물이 바로 인간이다. 신은 고양이에게 주었던 언어 능력을 빼앗아가고 마음껏 게으름을 피우며 삶을 즐길 수 있는 자유를 주었다고 한다. 신화의 내용을 봐도 그렇고 고양이는 어쩌면 인간보다 더 똑똑할지도 모른다.

몸짓 하나가 주는 위로

유사 이래 가장 동물을 사랑하는 시대라고들 말한다. 고양이의 신비한 눈 그리고 우아한 자태에 매료된 사람들은 너도 나도 고양이를 키운다. 나는 고양이와 살면서 얘가 혹시 말을 할 줄 아는 게 아닌가 하고 생각하는 순간이 있다. 그 억양이나 표정에서 대답 혹은 말대답하는 듯한 느낌이 든다. 단순히 대답할 때와 말대답할 때의 억양은 확연하게 차이가 난다. 대답할 때의 억양은 한껏 애교가 섞인 '야옹'이라면 말대답의 억양은 불만이 가득하고 화가 난 듯한 버럭 '야옹'이다. 야생 고양이들에게는 야옹 하며 집사를 부르거나 말을 거는 듯한 소리는 들을 수 없다고 한다. 사람과 교감하는 고양이들만 하는 의사 표시라고 한다.

골치 아픈 일은 인간에게 맡기고 본성에 가장 잘 맞는 즐거움을 누리면서 사는 모습은 지혜로워 보인다. 무언가 골똘하게 생각하는 얼굴을 보면 고양이는 철학자가 아닐까 싶다. 잠을 많이 자는 이유도 생각을 너무 많이 하기 때문일 수도 있다. '저 귀염둥이는 지금 무슨 생각을 할까?' 고양이와 살면서부터 가장 많이 하는 혼잣말이다. 나만의 호기심인 줄 알았는데 검색해 보니 같은 문장을 입력한 사람이 많았다. 집사라면 누구나 고양이의 머릿속이 궁금한 것이었다. 얘가 내 머리 위에서 노는 거지?

우리 집사(고양이 이름)는 매일 밤 9시가 되면 안 그래도 동그란 눈을 더 동그랗게 뜨고 얼굴에 구멍이 날 정도로 빤히 쳐다본다. 어떤 날은 쳐다봄이고 어떤 날은 째려봄이다. 내가 자기랑 놀아줄 시간에 딴짓하느라 바쁘면 기다리다 지쳐서 째려보는 것이다. "인간! 날 언제까지 기다리게 할 셈이야! 놀아줄 시간이잖아. 얼른 움직여!"

새벽 4시가 되면 또 어김없이 일어나 "인간! 그만 자고 일어나! 물그릇의 물을 갈아야지, 사료 그릇도 채우고! 그렇게 게을러서 먹고 살겠냐?" 한다. 집사는 분명히 시계를 볼 줄 아는 고양이가 분명하다. 위생 관념 또한 철저해서 화장실이 조금만 더러워도 똥을 안 싼다. 나는 내 화장실보다 청결한 고양이 화장실 만들기에 여념이 없다. 기숙사 사감 선생처럼 깐깐한 고양이의 시중을 드는 건 무척이나 체력을 요하는 일이지만 고양이의 말랑하고 따뜻한 몸이 품에 안길 때면 그 고생이라는 것도 순간 날아가버리고 만다. 고양이는 몸짓 하나로 해내는 위로인데 사람은 왜 이렇게 어려운 걸까. 오죽하면 장 그르니에는 『섬』에서 하루가 끝날 무렵 노을이 지기 시작하면 불안한 마음을 달래기 위해 어김없이 고양이를 곁에 두었다고 했다.*

앗! 집사가 그동안 열심히 말을 배운 모양이다. 인간의 말을 완벽하게 구사한다. "야 인간! 내가 언젠가 인스타그램을 보니까 어떤 고양이는 반질반질하고 고급스러워 보이는 캣 타워에서 늘어지게 자고 있더라? 너는 맨날 책상에 앉아 네모난 버튼 같은 걸 타닥타닥 두드리기만 하지 돈은 안 버냐? 왜 나한테는 그런 캣 타워는 안 사주는데?"

* 그르니에 선집 1 『섬』, 장 그르니에 지음, 김화영 옮김, 민음사, 2020, p. 41

어느덧 한적한 시골길에 들어섰다. 그날은 햇빛이 강해서 선글라스가 없으면 앞을 볼 수 없을 정도였다. 에어컨이 켜진 자동차 안은 천국, 그러나 그런 날은 꼭 자동차에 기름이 떨어지고 가장 가까운 주유소는 하필 셀프 주유소다. 하는 수 없이 자동차 밖으로 나가야 한다. 주유소에 도착한 나는 자기 몸통보다 짧은 목줄에 묶여 끝도 없이 제자리에서 원을 그리는 백구를 봤다. 순간 화가 치밀어 미쳐버릴 것 같았다. 이 개의 보호자가 누구냐고 당장 나오라고 소리를 지르고 밖으로 불러낸 뒤 멱살을 잡고 뺨을 후려갈기고 싶었다.

그럴 수 있는 용기가 없는 내가 저주스러웠다. 나는 짧은 목줄로 묶인 개를 볼 때마다 미친 사람처럼 분노하게 된다.

개의 주인은 반려동물을 키운다고 생각하지 않고 도난 방지시스템을 가동한 것이다. 그래, 주유소에 돈이 많겠지. 적어도 다른 생명체에게 조금의 연민이라도 느낀다면 목줄을 조금이라도 길게 묶어줄 것이다. 개는 사람이 느끼는 감정의 대부분을 가진 생명체다. 개는 특히 뛰는 걸 좋아한다. 그런 개를 평생 짧은 목줄로 묶어두다니. 그렇게 묶여 있는데도 평온하고 해탈한 모습을 보이는 개를 볼 때마다 부처가 살아 있다면 저런 모습이 아닐까 하는 생각이 든다.

장 그르니에 역시 나와 비슷한 생각을 가지고 있었음이 분명하다. 그는 『어느 개의 죽음』에서 끊임없이 자신의 고통을 해명하고 설명하며 의미를 부여하는 인간에게 왜 동물의 고통에 대해선 그다지도 무심할 수 있는지를 묻는다.* 나도 그에게 동감한다.

* 그르니에 선집 3 『어느 개의 죽음』, 장 그르니에 지음, 윤진 옮김, 민음사, 2020, p. 36

주인의 보호를 받으며 안전하게 먹이를 공급받는 반려견은 아무것도 모르는 천진난만한 말썽꾸러기 같다. 인간에게 길들어 야생성을 잊은 채 친근한 동네 바보 형같이 굴다가도 낯선 사람이나 동물이 접근하면 주인을 지키겠다고 으르렁거린다. 그러다가 주인에게 아무 일이 없다는 걸 확인하면 다시 사고를 치고 주인에게 혼이 날까 봐 겁을 먹고 미안한 표정을 짓기까지 한다. 주인의 몸이 아픈 것 같으면 천방지축이던 개도 풀이 죽어 하루 종일 엎드려 있거나 주인의 주변을 배회하며 그야말로 똥 마려운 개가 된다.

개를 키운 사람들이 흔히 말한다. 사람보다 낫다. 개

를 키우는 사람은 모두 이 사실을 의심하지 않는다. 주인
보다 더 잘해주는 사람이 생겨도 개는 원래의 주인만 따른
다. 맹목적이고 영원불멸한 사랑꾼이다. 인간은 누군가를
사랑하는 능력이 인간에게만 주어진 걸로 착각하지만, 그
건 아닌 것 같다. 인간은 부모와 자식 사이도 돈 때문에 원
수가 되어 인연을 끊는데 개는 죽을 때까지 한순간도 주인
을 향한 사랑을 멈추지 않는다. 개가 주인을 더 사랑할까
아니면 주인이 개를 더 사랑할까. 나는 인간으로서 인간이
개를 더 사랑한다고 자신 있게 말하지 못하겠다.

　　어느 순간 목줄에 묶인 당신의 개도 말을 한다. "인
간! 나는 더 이상 이렇게는 못 살겠어. 산책은커녕 집에 제
대로 들어오지도 않는 너와는 이제 살고 싶지 않아. 이렇
게 지낼 바에는 차라리 이 집을 나가겠어. 이곳에서 나가
면 내가 이 집에서 당한 수모를 온 천하에 알릴 거야. 나와
비슷한 처지의 개들을 모아서 시위도 할 거야. 우리 개들
이 그런다고 인간들이 달라질 거라는 기대는 안 해. 하지
만 적어도 컹컹 짓는 대신 말을 하는 개를 보면 우릴 먹겠
다는 인간은 사라지겠지."

　　나는 장 그르니에의 글을 너무나 좋아하지만, 그가 쓴
책을 읽는 사람을 많이 만나지는 못했다. 그다지 좋아하

는 사람이 없는 것 같다. 그걸 알면서도 이 책을 독서모임에서 읽은 건 고백하자면 사적인 욕심을 채우기 위해서다. 고양이를 학대하는 영상을 우연히 보거나 4차선 도로를 달리는 강아지를 본 날이면 책이고 뭐고 다 필요 없다는 생각이 든다. 고양이와 개를 위해 행동하지 못하는 나를 원망한다. 너는 왜 그래? 왜 아무 말도 못 하고 있는데? 길고양이를 집으로 데려오지 못하고 겨우 적선하듯 사료나 주면서 정작 너는 왜 숨죽이고 있는 건데? 이 책은 그런 질문들이 가시가 되어 나를 찌르던 날 목록에 끼워 넣었다. 이날 독서모임 참석자는 아홉 명, 그중에 우는 사람이 네 명, 우는 사람의 등을 쓸어주는 사람이 세 명, 그런 분위기가 어색해서 죽겠는 사람이 두 명 있었다.

　　다음 모임 시간에 나는 미안함의 표시로 아홉 명에게 커피를 돌렸다.

리듬을 이어가며
그냥 계속 읽고 나눕니다

좁은 집에 살다 보니 책이 많지 않다. 이사의 어려움을 몇 번 겪고 나서는 더 늘린다는 게 겁이 난다. 책이 많아졌다 싶으면 내다 팔거나 사람들에게 나눠주고 책장에 빈칸이 만들어지면 당연하다는 듯 책을 사서 채워 넣는다. 물론 그 책을 다 읽었냐면 그렇지 않다. 최근에 산 책 가운데는 아직 읽지 못한 것도 많다. 읽었거나 한 페이지도 읽지 못했거나 관계없이 어떤 책이든 내 집에 굴러다니는 게 좋다. 쳐다만 봐도 배가 부르는 경우는 고양이와 책뿐이다.

책이란 놈은 대체 무슨 할 말이 그렇게 많은가, 하는

생각에 한 번쯤은 책장 근처를 어슬렁거리거나 탁자에 올려진 책을 살펴볼 만도 한데 우리 식구들은 누구도 책을 건드리지 않는다. 내가 치우지 않으면 한 달이고 일 년이고 책은 그 자리에 있을 것이다. 내가 좋아하는 책을 누구도 건드리지 않아서 좋으면서도 책에 관한 이야기를 할 사람이 없어서 아쉬운 마음은 들었다. 나는 식구들이 책을 왜 싫어하는지 궁금했다. 무엇 때문에 책을 싫어하냐고 물으니 오히려 내게 책이 왜 좋은지 물었다. 사실 그런 질문을 자주 받지만, 그때마다 정확하게 책이 좋은 이유를 말할 수 없었다. 내가 대답을 빨리 못하니까 가족들이 웃으며 말했다. 책을 안 읽는 우리가 이상한 게 아니라 책을 지나치게 많이 읽는 당신이 이상한 거라고.

지난 7년 동안 서재가 있는 호수 독서모임에서 나와 비슷하게 책을 많이 읽는 이상한 사람들을 만났다. 우리도 우리가 이상한 걸 알기 때문인지 책을 왜 좋아하게 됐는지 서로에게 물어볼 때가 있다. 우리는 매번 답을 찾지 못하고 책을 좋아하는 이상한 사람이라는 공통점만 발견한다. 읽지 않아도 사는 데 지장 없고 얼굴에 책 안 읽는 사람이라고 써 있는 것도 아닌데, 책을 읽지 않아도 충분히 인생이 즐겁고 편안한데, 우리는 왜 눈이 오나 비가 오나 한 달에 한 번 모여서 책에 관한 이야기를 하는 건지 정확히 모른다. 우리 독서모임 구성원들은 어떤 의도나 목적을 염두에 두고 책을 읽는 건 아닌 것 같다. 어떤 일이라도 매일매일 하면 거기에 뭔가 관조 같은 게 우러난다는 무라카미 하루키의 말처럼 읽는 리듬을 단절하지 않고 그냥 계속 읽을 뿐이다.

독서모임을 하면서 책이든 사람이든 완전히 안다는 건 불가능하다는 걸 알았다. 지금 알고 있는 것을 내일 모르게 될 수도 있고 어제까지 몰랐지만, 오늘 어떤 계기로 알 수도 있다고 생각하게 됐다. 앞으로도 나는 지금까지 안 걸 전부 모르는 것으로 인식하고 살려고 한다. 그게 책을 많이 읽는 것보다 또는 사람을 많이 겪는 것보다 몇 배는 나은 삶의 태도라고 생각하기 때문이다.

지난 7년 동안 함께했던 사람들에게 지면을 빌려 고마움을 전한다. 그대들은 꼭 있어야 할 자리에 있어 준 사람들이었다. 당신들과 나눈 상호작용이 없었다면 이 책은 쓰기 힘들었을 것이다. 혹여 누군가의 프라이버시를 침해한 대목이 있었다면 사과드린다. 시간은 없고 독서 욕심은 많은 현재의 구성원 아홉 명, 당신들이 내 삶의 한 시기를 특별하게 만들어주었다. 고개 숙여 감사드린다.

김설

난생처음 독서 모임

초판 1쇄 발행 2024년 6월 14일
초판 3쇄 발행 2024년 8월 6일

지은이 김설
펴낸이 유성권

편집장 윤경선
책임편집 조아윤 **편집** 김효선
홍보 윤소담 **디자인** 박채원
마케팅 김선우 강성 최성환 박혜민 심예찬 김현지
제작 장재균 **물류** 김성훈 강동훈

펴낸곳 ㈜이퍼블릭
출판등록 1970년 7월 28일, 제1-170호
주소 서울시 양천구 목동서로 211 범문빌딩(07995)
대표전화 02-2653-5131 **팩스** 02-2653-2455
메일 tiramisu@epublic.co.kr
인스타그램 instagram.com/tiramisu_thebook
포스트 post.naver.com/tiramisu_thebook

틴라미슈 은 ㈜이퍼블릭의 인문·에세이 브랜드입니다.

editor's letter

저에게 작가란, 기꺼이 자신을 날것 그대로 꺼내놓을 용기를 가진 사람들인데요. 그런 의미에서 책을 읽는 일은 그 자체만으로 나 자신, 혹은 타자와의 의사소통에 적극적으로 참여하는 일입니다. 그렇다면 같은 책을 읽고 함께 이야기 나누는 독서 모임만큼 서로의 마음을 보듬어주는 소통 방법이 또 있을까요.